华南川商

郭晓林◎著

九州出版社
JIUZHOUPRESS

图书在版编目（CIP）数据

华南川商 / 郭晓林著． -- 北京：九州出版社，
2021.1（2024.2重印）

　ISBN 978-7-5108-9398-8

　Ⅰ．①华… Ⅱ．①郭… Ⅲ．①纪实文学－中国－当代
Ⅳ．① I25

中国版本图书馆 CIP 数据核字（2020）第 150182 号

华南川商

作　　者　郭晓林　著
出版发行　九州出版社
地　　址　北京市西城区阜外大街甲 35 号（100037）
发行电话　（010）68992190/3/5/6
网　　址　www.jiuzhoupress.com
电子信箱　jiuzhou@jiuzhoupress.com
印　　刷　三河市嵩川印刷有限公司
开　　本　710 毫米 ×1000 毫米　16 开
印　　张　12
字　　数　155 千字
版　　次　2021 年 1 月第 1 版
印　　次　2024 年 2 月第 2 次印刷
书　　号　ISBN 978-7-5108-9398-8
定　　价　42.00 元

序

　　改革开放赐予了全国商人第二次生命，改变了无数人的命运际遇。

　　在庆祝改革开放40周年大会上，习近平总书记如此评价改革开放以来的成果："40年风雨同舟，40年披荆斩棘，40年砥砺奋进，我们党引领人民绘就了一幅波澜壮阔、气势恢宏的历史画卷，谱写了一曲感天动地、气壮山河的奋斗赞歌。"

　　而作为改革开放的主舞台，华南地区更是迎来了翻天覆地的变化：从过去平平无奇的小地区到如今引领国家经济、科技发展的排头兵，华南成了改革开放的"最佳代言"。

　　然而，改革开放的成果并非信手拈来，它是无数时代的"弄潮儿"前仆后继开辟而来。当我们仔细回望过去的40年便会发现，在华南地区发展的过程中，有那么一群人，他们为地区的发展奉献了自己的青春，在这片本不属于自己的土地上开辟出了一个新时代。

　　据统计，他们凭借着坚持与努力在华南地区创办了数家产值过百亿的大规模企业，产值过亿的企业更是有700多家，成了华南地区经济发展的中坚力量。他们是来自于西南地区的四川商人，如今人们却将他们称作为"华南川商"。

回望过去的 40 年，这批带着赤诚之心的川商所面临的挑战与障碍是无时无处不在的：农业生产与科技发展的矛盾，让这一批南下的川商不得不重新面对行业结构的颠覆；市场经济与计划经济的交接，使他们每天都疲于奔命；还有经济格局与核心技术的缺失让他们无法找到自己的起点……

　　今天，走在广、深等繁荣都市，我们难以想象过去的川商经历了多少的挫折，方才能够在这片沃土上立足。穿梭在车水马龙的街道上，看着林立的川籍企业，不禁对这些企业家心生敬佩。

　　在粗放生长的时期，川商的成功与否似乎更取决于他们的坚韧性与使命感。每每谈论起改革开放，人们谈论得最多的是"机遇"，而对于当时的川商而言，他们身上更多的是"踏实""上进"，当人们都在讨论"外来人是否适合南下发展"的时候，这批川商已经用实际行动回答了这个问题，创造了属于自己的辉煌。

　　辉煌的背后，是一代人的青春与奋斗，如今川商不仅仅扎根于华南，更在时代的发展中纷纷回巢反哺，带领故乡与华南一同发展。当中的精神与信仰激励着新一代的川商为追逐梦想而前仆后继，当然，这也加快了这本《华南川商》面世的脚步。

　　其实，早在多年前著者便有意下笔撰写《华南川商》这本书，奈何在过去 40 年间，这片土地上发生了太多为人惊叹的故事，因而为华南川商著书一事只能一延再延。如今，华南川商的发展势头汹涌，从华南到巴蜀，从内陆到海外，处处遍布着我们华南川商的脚步与足迹。为此，著者斗胆写下《华南川商》，文轻言浅，笔下千言尚未能言尽其中冰山一角，若此书能让读者一窥当年南下热潮中的点滴，明了其中传承千年的川商文化底蕴，激发诸位的故乡情，于我而言便是善莫大焉。

目录 CONTENTS

第一部分

南下追梦的时代

第二部分

群雄逐鹿不枉韶华

第三部分
华南川商的发展内核

第四部分

新时代华南川商的发展机遇

第一部分

南下追梦的时代

第1章： 唤醒睡狮的号角

20世纪80年代，改革开放的号召响起，唤醒了每一位辛勤务实的百姓，新时代的号召如一抹从地平线上升起的阳光，驱赶了每个人内心的阴霾，把希望的种子散播他们心中。

正如一个作家所说："无论世事变改，人心始终面向着光明，苦难不能磨灭人们追寻希望的憧憬，绝望不行，死亡也不行。"在经历了数十年的贫困与磨难的生活后，改革开放的阳光照射在华南的土地上，一夜间华南成了当代青年蜕变重生的舞台，各地有志青年合力揭起了时代的巨幕。

不可忘记的时代背景

在 40 多年前，一声嘹亮的号角唤醒了当时的人们。

那一年是 1978 年，改革开放在历史的舞台上崭露头角，几年后，人们突然惊醒：原来生活已经在不知不觉中产生了变化。改革开放以后，我国的社会发生了翻天覆地的变化。工业体系和经济体系都在稳步发展，逐渐完善，成为在世界上有重要影响的大国。

在改革开放之前，人们珍惜和平，不愿冒进，享受一粥一饭的安稳，人人都过着"新三年，旧三年，缝缝补补又三年"的日子。改革开放的号角响起，东方雄师也随着号角声昂起了头颅。

这一道春风吹向了华南，一夜间华南地区从百业待兴变成了百花齐放，而广东更是在其中成了经济发展的领头羊。广东占据了十分优异的地理优势，它毗邻香港、澳门，再者过去外出淘金的华侨纷纷回乡发展，一时间广东迎来了一番全新的局面。

正如在央视改革开放 40 周年采访中，有村民回望过去 40 年时表示："改革开放改变了我们的一生，在过去我们只能够盯着自己的一亩三分地，所以大家都只能够务农，而改革开放改变了我们的社会，越来越多企业崛起，也让越来越多的外来务工者涌进广东，家乡变得越来越繁荣。"

实际上，广东省在改革开放中的变化远远超过我们所看到的景象，从过去的"貌不惊人"的华南省份到全国经济发展排头兵，广东省仅仅用了数年的时间，就创造出了无数全国第一。其中，"海外关系"条件更是成了改革开放的重要推进力，在改革开放下，港澳台多地的商人纷纷入驻广东，进一步加快了广东的对外开放与经济建设。

南部崛起的号角

改革开放的脚步，是从打破计划经济体制开始的。

在改革开放之前，广东等地一直处于计划经济的体制当中，当时人们需要凭票购物，供销社在大街小巷随处可见。而改革开放打破了计划经济的体制，带领当时的社会过渡至市场经济。

短短几年间人们的生活发生了翻天覆地的变化：物质丰盈，不再需要粮票、油票；供销社也逐渐减少，取而代之的是经联社等市场经济产物，人们的生活水平从温饱不继迈向小康，华南地区一夜间成了走在时代前沿、引领时代发展的排头兵。

这是来自中央的号召唤醒了整个华南，改革的大刀挥向了旧体制，市场经济使作为"试验田"的广东迎来了飞速的发展。

改革开放带来的思想冲击，如同星火燎原。广东吸引了一大批来自内陆地区的年轻人。对于他们而言，这是一个改变命运的机会。

然而，这批满怀理想的年轻人怎么想也不可能想到，他们即将要南下的目的地在未来40年里超越当时亚洲四小龙里的三小龙，成了国家经济发展的领头羊：改革开放的40年，广东的国民生产总值年均增长12.6%，单单是改革开放40周年后的2018年，广东省的国民生产总值便超过9万亿元，连续29年蝉联全国各地综合实力第一位。

然而，这些都是后话。40年前，这批有志青年虽然无法预测华南地区日后的飞速发展，然而对希望的追求以及满腔的热血依然鼓励了无数青年踏上南下的道路。一列列缓慢南下的绿皮车厢内人满为患，坐票被一抢而空，甚至站票也一票难求。南下打工者们推推搡搡，甚至有人爬上火车。在改革开放的号召下，"南下打工"的浪潮时代揭开了序幕。

这些南下打工的人，大多都来自内陆地区，其中以川商群体最为庞大。初到异地的川商并不适应广东的生活，尤其是在经济飞速发展的当时，数不清的困难与磨炼正在等待着他们。对大多数人来说，由打工开始积累财富的道路充满着艰辛坎坷。当时，一间供打工者居住的面积不足10平方米的出租棚屋，甚至有的10张简陋的木床密密匝匝围成一圈，每个铺位住两人。其中有夫妻、姐妹、亲戚、朋友……好不容易塞满了10户人家，租户方才能够分摊少一些的房租。后来，大家都把这些人称为"团结户"，而"团结户"正是南下打工者的普遍状态。

幸好，星光不负赶路人，在40年的坚持与努力下，如今川商成了广东等地最大的异地商人群体，在房地产开发、物流运输、建筑装饰、金融投资等各行各业，都有川商的印记。

川商拥有强大的商业生命力，与时代共同奋进。在外拼搏的川商们不忘初心，坚守传统，以"和"为宗旨，汇聚群体力量。他们深知"众人拾柴火焰高"的道理，"抱团"开启共赢模式。

新的浪潮，新的篇章

1978年，《光明日报》的头版刊登了炸如惊雷的一句话："打破精神枷锁，使我们的思想来一个大解放。"渴望冲破束缚的城市青年，用奇装异服彰显个性；偏远的农村，在泥泞中挣扎的小人物，义无反顾踏上南下的旅途，揭开了全民南下的浪潮。

改革开放的春风打开了市场，激活了社会。而在这个粗放生长的年代，人们要赚到第一桶金则需要多动一点脑筋。在当时的华南，每一个人都为了挣钱而奔忙,有的流水线作业员为了多挣一点钱,从早上 7 点一直工作到晚上 10 点,风雨无阻;也有的夫妻二人为了早日实现致富梦,学起了各种小手艺,下班后便带着自己的手艺走上人来人往的街头;更有人挎着"海鸥"照相机,在火车站为旅客拍照留念……

这是一个充满竞争的时代,也为日后华南地区的百花齐放奠定了基础。不得不承认的是,在当时摆摊赚钱是一个十分常见也十分明智的选择,以服务谋利可谓是在当时成本最低的获利手段。

据当时的杂志记载:在广州、佛山等城市,晚上 7 点过后便有数不清的民间手艺人以及小贩在大街小巷出没,他们摆起了"走鬼摊",向每一个来往的路人吆喝。据说,当时一个街头画家为顾客画一张人像收取二三十元的费用,相当于当时一个二级工大半个月的工资,因而手艺变现成了人们从人群中脱颖而出的新渠道。

随着时间的推移,华南地区无时无刻经历着翻天覆地的变化,人们逐渐学会了把握"8 小时"以外的时间,去挣取更多的财富。除了手艺变现以外,当时的"倒爷"也成了华南地区最常见的群体之一,他们不贩卖手艺,反而利用信息差进行商品销售,形成了当时商业发展的雏形。

从 1978 年到 1984 年,6 年的积累,许多人挣到了人生中的第一桶金,他们中以手艺人与"倒爷"为主。而这种匠人精神与让商品流通的能力,也成了华南地区第一批商业群体发展的基础。激情燃烧,潮水奔涌,1984 年成了华南地区民营企业全面发展的第一年,当年创立的企业,许多至今仍然是星光熠熠,越做越强,所以这一年也被很多商业人称为"中国企业元年"。

这一代人有这一代人特殊的底色,时代给他们身上镀上了别样的光彩,赶着浪潮,与生活死磕,终会得到命运的垂青。1992 年,一部名叫《外来妹》的电视剧在中央电视台播出,这是我国第一部反映外来务工者在广东打拼生活的电视剧，该剧播出后，在全国引发轰动。带着强烈的粤语色彩"打工仔""打工妹"称谓迅速在全国流行开来。轰鸣的车间里，忙碌的流水线上，充满着改革开放带来的力量。

第2章：南下"淘金"的追梦人

时势造英雄，20世纪90年代，要说中国最火热的地方那必定是广东。那时，改革开放的春风吹遍南方，大批的知识分子、大学生、辞职的国企员工……纷纷踏上南下的列车，带着梦想来这里淘金，南下浪潮揭开了序幕……

南下三宝：车票、工牌、暂住证

改革开放的号召、汹涌而至的无限可能让全国各地有志青年纷纷南下，希望能找到一个挥洒青春的舞台。

对于20世纪80年代中后期的华南地区而言，其依然是处于以制造业为主流的传统经济时代，而当时南下的人大多都逃脱不了进入制造业的命运的。佛山的陶瓷、广州的工艺品还有东莞惠州等地的模具生产等等，都是南下人群的第一选择，大多时候也是唯一选择。

当时，每一个南下务工的人都有那么三样东西——车票、工牌、暂住证。如今很多人想起当年的这段时光，依然会拿出破旧的工牌等物品细细回味。这三样东西后来也被人们笑称为"南下三宝"。

记得有一位老作家曾在报刊上讨论过此三宝，他说：一张单程车票，代表着他们若要选择离去则需要付出同等的代价；一个工牌，代表着他们自此安身立命；一张暂住证，见证的是他们在此处有了自己的"家"。不得不承认，南下三宝对于这些南下的外来者而言可以称得上是精神支柱。

"南下三宝"出镜最为频繁的是20世纪80年代末，华南地区的制造业即将迎来前所未有的辉煌，而内陆地区则依然以农业发展为主，因而两地之间的差距促使了这一次南下热潮的爆发。

以四川为例，在20世纪80年代后期以及90年代初期，一家人务农的年收入仅有两千到三千左右，而在90年代初期深圳一个月的工资已经达到了四五百块，到了1995年左右更是达到了1500元左右，孰高孰低一目了然。所以在当时，越来越多的人南下发展，形成了一个庞大团体。

经济的差距造成了一次小规模的迁徙，在迁徙过程中，这批南下的勇者绝大部分仅仅手持着"三宝",便义无反顾地在此扎根,并奋力奔向未知的未来。正如当时的打工文学常说的那样:华南是外来者的第二个家,而支撑他们维持家庭的仅仅需要一分毅力跟一家工厂。

正是在这样的时代背景下,车票、工牌、暂住证这三样当代常见的东西成了当时最有代表性的物件,对于这批南下的工人而言,车票、工牌、暂住证是他们通往未来的通行证,也是如今最不忍抛却的回忆。

第一批南下的"女中豪杰"

20世纪80年代末,南下的脚步汹涌而至,数不清的劳动力融入华南各个城市中,从而让一夜间发展起来的华南地区对劳动力的需求得到了充分的满足。

传统的制造业处于飞速发展的时期,华南地区的劳动力价值飞速上涨,从而引爆了一次小规模的移民潮,填充了华南地区对人才的需求。

在这一次南下迁徙中,不乏川籍女性务工者,她们随着大流南下深圳、东莞等地,成了华南地区传统制造业发展的一员,成了当时不可忽视的劳动力。

正是这群被称作是"四川打工妹"的群体,为华南地区以后10年的发展添砖加瓦。随着人们的思想解放,大家逐渐发现女性在工厂流水线上工作更显细心负责,久而久之"工厂妹"成了华南多个城市独特的一道风景线。

其中,东莞可以说是"工厂妹"的聚集地,由于其发达的制造业集群使劳动力出现严重短缺,因而大多数外来务工者均愿意前往东莞发展。而对于四川金堂县竹篙镇的女务工者而言,东莞更是她们梦寐以求的发展舞台。

据说，在改革开放初期，竹篙镇政府主动组织当地女工前往广东打工，而在政府的号召下很多女孩都逐渐对未来有了向往与渴望，她们仿佛看到了打破传统生活的希望，所以当时有不少的女孩报名南下，身体力行打破了当地人的僵化思想，抱团前往广东打拼。

其实，对于当时的女生而言，外出务工并不是一件容易的事情。首先她们必须要打破家乡"男主外女主内"的传统思想，当时不少女工为了南下，与家里闹翻；而另一些家庭虽然允许女儿外出务工，却也难免依依不舍。幸而，星光不负赶路人，如今不少当年南下的女工已经成了当地有名的商人，过上了富足的生活。

回望南下的川商群体一路发展，生活并没有给予他们偏爱，尤其是对于这批南下的女工而言，她们要面对着家乡人异样的目光，要面对全新的生活，还有那如影随形的生活压力。20世纪90年代，我们随处可以看到女工背着孩子到工厂上班的情景。

也许，这就是时代发展的残酷之处，但不管如何，能有那么一群女工打破传统思想，执意南下并始终咬牙坚持下去，不论成败，她们都足以被我们看作是当时的"女中豪杰"。

南下人的追求——万元户

20世纪80年代，一个崭新的名词在生活中出现，那便是如今我们依然记忆犹新的"万元户"。想来，过去40年间，无数人前仆后继赶往华南，在当时为的也许不过便是这个名号。

顾名思义，"万元户"便是当时存款能有一万块钱以上的人。对于今天许多年轻人而言，"万元"并没有任何值得炫耀之处，毕竟一万块钱在一、二线城市一平方米的房子都无法买到。然而，对于80年代的大部分家庭而言，"万元"是天文数字。

当时的"万元户"并不仅仅是代表着一个人财富的多寡，很多时候更是身份的象征。当时许多银行都对存款过万的客户赠送T恤、雨伞等，并且在上面书写上"恭喜加入我行万元户行列"之类的字眼。在当时这类T恤成了服装中的"精英款"。

关于当时的消费水平，我们能够从当时的商品均价窥见一斑：在80年代初期，人们要购买一斤大米需要0.14元，而购买一斤猪肉也只需0.95元。也就是说，一万元在当时可以购买将近十万斤大米，相当于一个四口之家数十年的粮食开销。

如果按大米价格作为参照物进行粗略换算的话，当时的一万块钱相当于如今的两百余万元，也是普通工薪阶层所难以触及的高度。正因为这样，"万元户"才成了20世纪80年代专有的名号。

而当时的华南无疑是打造"万元户"的最佳地区。因此，"万元户"在当时就像是一个具有无比吸引力的梦想，吸引着数不清的人为其前仆后继。80年代中期，越来越多的人被"万元户"的名号所吸引，纷纷南下淘金。据说，在当时只要哪个公司门前或是街道的墙壁上、电线杆上贴有招工的告示，便会立即引起人们蜂拥而至的围观。

"只要挣到一万块钱就回去。"当时南下的一名普通打工仔文仁浩的想法可以代表着大多数人的心声，多少来自农村的普通人便是带着"万元户"的梦投身于时代的洪流之中。

在时代的飞速发展中，"万元户"的梦想并没有持续太久，当时幻想着成为"万元户"的那批南下的务工者如今都已经实现了自己的梦想。是的，随着经济的发展，"万元户"的概念并没有维持太久。20世纪90年代中，广东人均工资已达到四位数，"万元户"失去了其历史的意义。

　　如今，很多人说起"万元户"都会想起那个充满希望与竞争的时代，也许这已经成了一代人追求梦想的回忆。如今，华南地区经济繁荣，越来越多精英从中崛起，新的挑战俨然已经在等待着这个时代的挑战者，等待着他们的将会是新一轮的发展目标……

第3章：华南川商的发展环境

时间不停向前，而环境也会随着时代的发展而改变，初下华南的川商们在当时经济飞速发展的时代里，面临着环境的巨大变化。这群初到华南的年轻人不仅仅要面临着生活的压力，同时还要不断适应环境的新变化。对于他们而言，这是一个最重要的机遇，同时也是他们所遇到最大的困难。

生产大发展下的陶瓷业

改革开放不久，广东的陶瓷业成了经济发展图卷中最重要的拼图之一，无论是陶瓷瓷砖抑或是陶瓷摆件，均是当时华南多个地区的主要出口产品。

＊中国瓷都：从复兴到突进

改革开放的足迹踏遍华南地区，华南地区的实体经济展现出了惊人的生命力，尤其是对于陶瓷行业，吸收了大量的外来务工人员，焕发出了新的生命。

在陶瓷业的发展过程中，有那么一个地方值得我们去深入了解，那便是潮州，它是当时陶瓷业全面发展不可或缺的一块拼图。在过去，潮州地区被称为中国瓷都，其制陶业自 4000 多年前的新石器时代便已萌发，到了北宋陶瓷制品其更是远销日本、菲律宾等多个国家，其可以说是陶瓷文化的起源地之一。

改革开放之前几年，潮州的陶瓷行业发展陷入了停滞，直到 20 世纪 90 年代，方才迎来了复兴，一批批陶瓷作坊逐渐重新回到市场。

回望如今的潮州陶瓷市场，除去数家大型企业以外，以中小企业为多，而这种行业结构便是来自 90 年代的那段时光。20 世纪 90 年代，潮州的陶瓷业逐步发展，很多陶瓷个体户都由农民转变而来，当时的陶瓷业发展并不规范，甚至在当时整个潮州地区仅仅拥有一个卫生洁具商标，行业发展前景的确让人担忧。

然而，对于潮州人而言，陶瓷制品是他们自古以来赖以生存的产品，因而当地政府借助改革开放的东风，将陶瓷产业作为重要支柱产业来抓，加快区域品牌建设，久而久之越来越多的品牌出现在潮州市场，迎来了潮州陶瓷的飞速发展。

20世纪90年代越来越多的人投身于陶瓷行业，很多人也从中找到了属于自己奋斗的方向，从一名"打工仔"变成了"创业者"，如今的潮州更是进入了"科技兴瓷"的新时代，实现了人才与技术的突进，越来越多具有代表性的陶瓷企业走出了地域，走向了国际。

随着行业结构的逐渐转变，陶瓷企业的精英化被提上了时代的日程。事实上，不管是什么时代，每一个行业的崛起都必须经历雨后春笋般的快速生长以及需求饱和后的大浪淘沙，陶瓷业也是如此，在经历了30多年的发展后，如今的陶瓷市场早已趋向饱和，但从中我们仍能够窥见当年陶瓷业发展的盛况。

但不管怎样，在改革开放最初20多年间，潮州的陶瓷业迎来了飞速发展期，也在发展中涌现了许多优质的陶瓷企业，复兴了潮州的陶瓷业，带领潮州走向又一个高峰，不愧"中国瓷都"的大名。

＊时代推进中的二次跳跃

作为华南地区另一个陶瓷之乡——佛山，同样在改革开放中迎来了属于自己的辉煌。事实上，佛山的发展之旅相比起其他城市更加崎岖，其经历了两次转型，方才有了如今的成绩。

在改革开放之前，佛山的陶瓷业一直在华南地区独占鳌头，尤其是石湾陶瓷娃娃，更是成了华南地区数一数二的工艺品品牌。根据资料记载，1983年，当时的国企佛山陶瓷工业公司便从国外引进了中国首条进口彩釉墙地砖生产线，其陶瓷行业发展达到了新的高峰。1986年引进中国首条锦砖生产线，自此佛山的陶瓷产量创造了新的纪录。

据统计，当时佛山的陶瓷出口量超过了国内销售量，海外陶瓷市场中门大开，以至于当时大量企业家纷纷盯上了这块肥肉，无数民营陶瓷厂一夜间平地而起。

对于行业发展而言，民营企业的发展无疑是代表着行业质量的飞速提升。在竞争下，越来越多的陶瓷品牌以及新产品出现，以致20世纪90年代成了佛山陶瓷发展最快的10年。而恰恰是在这样的发展环境下，佛山陶瓷行业产生了大量劳动力刚需，因而也成了南下务工者立足的首选城市之一。

事实上，民营企业的发展永远都是超乎想象的，尤其是在改革开放这个充满机遇的时代中，不少陶瓷企业突围而出，成就了许多具有佛山特色的陶瓷品牌。直到21世纪，民营陶瓷的发展已经成了当地陶瓷行业的主流，而行业的饱和也使陶瓷业迎来了新的挑战。

面对着互联网的冲击，佛山陶瓷业虽然迎来了更加宽广的客源渠道，然而其竞争也变得相对激烈，因而逐渐衍生出了一种全新的经营手段：线上销售＋线下体验。许多的普通门店纷纷倒闭，而体验店趁势崛起，佛山陶瓷业近十几年来的第二次发展让市场变得更加成熟与稳定。

对于南下的务工者而言，陶瓷行业无疑是他们初到异地最好的选择之一，而随着时代的发展，陶瓷行业的自我调整让务工者能够更好地随着时代的变化而自我提升，这便是华南地区的魅力，同样也是改革开放的魅力所在。

随处可见的街头手艺人

＊糯米酒：惠州老手艺人的传承

糯米酒是惠州古老的酒种，在民间流传甚广，它至少有 900 多年的酿饮历史。宋代的苏东坡、唐庚曾为糯米酒留下妙章，真实而生动地记载了它的酿饮盛况。千百年来这一习俗代代相承，因此惠州各县（区）都有酿饮糯米酒的习俗。

糯米酒的味道对于惠州人来说是不可忘却的。惠州糯米酒酿造技艺第四代传承人赖彩凤自小就吃奶奶和妈妈做的糯米酒，参加工作后，她进入惠阳淡水食品厂学习酒饼制作技术，如愿学习了酿造糯米酒的方法，对糯米酒的酿造技术和整个工艺流程也有了更多的经验积累。

90 年代初，企业体制改革和商品经济的冲击，让这一历史悠久的传统手艺几乎失传。坚持传统的酒厂销售模式，势必会让这一手艺渐渐没落。改革改变了经济模式，也同时改变了手艺人的思想：传承手艺，更要发扬手艺。

1997 年，赖彩凤在惠城区马安镇开了间酒厂（东江食品酒业有限公司），酿出的糯米酒注册为"东江桥牌东江糯米酒"。赖彩凤聘请了粤东饮料厂资深酿酒师傅、惠州糯米酒第二代传承人黄德芬及其徒弟刘定明参与技术指导，几个老手艺人坚持用传统的东江糯米酒酿造工艺酿出老味道，让惠州糯米酒酿造技艺得以传承。

＊扎花灯：指尖手艺道道传

东莞厚街有一个民间习俗，"添丁要开灯"，凡是家中添了男丁的，在春节期间就要在家中挂上花灯，意为向祖先禀报家族中又添了新成员，同时祈求祖先庇佑他健康成长。

这一风俗在广东造就的是一项非常"吃香"的手艺，手艺人在腊月最忙碌，街坊们和花灯手艺人预订，由手艺人在过年赶制出来。

扎花灯的步骤烦琐，经常需要一家几口人帮忙一起赶制。一个花灯看上去简单，但做好需要花费大量的心思和时间，共有几十道工序。光是粗略的工序就有开竹、削篾、量尺寸、屈架、固定等粗活，此后还有裁纸、糊贴灯画等精细活。其中开竹是指将竹子劈成各种尺寸不等的细竹篾，然后反复晒干备用，尤其费工时。

对于想要在广东淘金的人来说，学会一门手艺是不可多得的挣钱机会。踏实的性格、吃苦耐劳的精神，足够让手艺人过得十分滋润。手艺人需要提前几个月准备原材料，忙碌时顾不得喝水，晒干的竹篾在手艺人的双手中上下翻动，穿过来穿过去，最后变成约一米高的大灯。这些大灯都由手工一盏一盏扎出来，每一盏灯都蕴含着手艺人的智慧与耐心。

娱乐行业崭露头角

改革开放的春风吹过，娱乐文化也跟着春风一起荡漾。

*军港之夜：歌星的诞生

20 世纪 80 年代，"文革"刚刚过去，伤痕还未消失，而改革的兴奋随之而来，这两种情感构成了那个时代的基础特征。随着改革开放浪潮的不断推进，人们思想也在不断进步，20 世纪 80 年代的人，被压抑许久的生活欲望也迸发了出来。于是，流行歌曲便适时地出现在十亿人民面前，如甘霖般洒落在祖国大地，通俗文化得到了空前的繁荣，音乐作品更贴近于生活，贴近与于大众。

1980 年秋天，在由北京晚报等单位联合举办的"新星音乐会"上，海政文工团青年歌手苏小明一曲《军港之夜》一举成名。改革开放前，只有军旅歌曲深得人心，尤其是队列歌曲，这些歌曲的共同特点是歌词浅显直白，曲调朗朗上口，气势恢宏，旋律激昂，充满着豪迈之情，给人满满的正能量。《军港之夜》的出现打破了这样的现状，它并不是人们所熟悉的军旅歌曲，而是更加贴近生活的。它取材于汕尾渔歌，歌词内容围绕海军生活。这首歌凭借着耳熟能详的曲调，通俗易懂的歌词，收获了相当高的传唱度。改革初期的很多人思想一时转变不了，从军旅之音到传唱之歌，有不少人认为这是"靡靡之音"。

改革开放仍在进行，人民的审美逐渐突破了牢笼，在当时许多走在潮流前线的歌手也逐渐被人们所接纳，流行音乐逐渐融入内地歌坛中。而广州作为改革开放的排头兵，其在流行音乐市场中也处于引领的地位。在流行音乐的崛起中，利益的流动推动了经济的发展，无数唱片公司在当时建立了起来，并且把握住了当时音乐复兴的机会。当时的流行音乐总体基调是冲破困境，人们对于自我价值的实现与对生活的归属感有了更强烈的要求。当时的流行歌曲如《你的柔情我永远不懂》《雾里看花》《什么是什么》《为什么受伤的总是我》都能体现受到现实情况影响无法实现自我的迷茫。人们只能通过歌曲来抒发自己内心的想法，情歌的伤痛在某种程度上也能代表当时人们的寂寞孤独与自我抚慰。

＊流行文化：消费观念大转变

在 20 世纪 90 年代，文化风潮也逐渐出现了变化，尤其是华南地区，在众多舶来的文化产品与流行艺术融入下，在中西两地的思想碰撞下，一种全新的流行文化兴起。

娱乐项目逐渐突破了原有的形式，更多新的娱乐项目在国内普及。在 20 世纪 90 年代，中国电影市场出现了新的突破，第一部好莱坞大片《亡命天涯》在广电总局的允许下成功引入，意味着中国电影新纪元的开端。

没过多久，越来越多的国外电影被引入到中国电影市场，而施瓦辛格的《真实的谎言》成了当时票房的引领者，收获了超过 1 亿的票房。1998 年，电影《泰坦尼克号》将国外电影在中国的市场影响推到了巅峰，纯票房收入高达 3.585 亿元。

火爆的电影市场给国内电影行业带来了新的启示，尤其是在文化交流方面，人们能够从电影中了解海外的文化与社会。电影成为人们了解与知晓大洋彼岸世界的重要媒介，影响着社群的文化认知与价值认同。

而在另一方面，迪斯科舞厅、录像厅以及酒吧均成了年轻人的主要娱乐城所，"四大天王"得益于媒体宣传，成为众多青年的偶像，同时也带动了经济发展：人们开始抢购明星的周边产品，磁带、海报、贴画，模仿明星的发型、穿着，为市场经济发展起到强有力的推动作用。

随着经济体制改革，个人的自我空间越来越大，但是随之而来的快节奏也给人带来更大的压力。生存上有压力，精神上有压力，如果不能够用强大的专注力来工作和学习，就会被淘汰。焦虑情绪普遍存在于社会各类群体中，缓解压力的需求，让娱乐产业越来越壮大。通过歌曲、游戏来宣泄压力、宣泄情感，是人们在高压下获得暂时解脱的办法，而这样的一种平衡才能够适应社会急剧变化的社会节奏。

消费主义渐渐侵入社会，人们有了对明星的模仿心理，在媒体的宣传口号下，新的消费方式出现：人们对名牌产品有了新的追求。消费等级成为大家标榜自我价值的途径，市场为了获利推动消费需求高层次化。省吃俭用的思想转化为新潮、时尚的全新消费观。

*千禧年后：多元化的文化格局

千禧年之后，中国的物质文化和思想文化都得到了飞速的提升，个人的自由发展也日渐受到推崇。个性化成了当时新生代青年的主要追求，我们不难从这批在改革开放环境下成长起来的人身上看到他们的创新之处。让他们有足够的能力对自己的生存状态进行选择。互联网技术的发展为网络文化的发展提供了数字平台。网络文化，已经成为第二空间。

21世纪以来，我国发展正处于转型期，贩卖焦虑成了商人获利的重要手段。网络和城市化让人与人的距离变得越来越近，媒介的创新成了改革开放中最具有跨时代意义的里程碑。

第4章：广东的地域价值观

....

　　广东省 2018 年 GDP 迫近 10 万亿元（9.73 万亿），
连续第 30 年排名全国榜首。广东的发展的秘诀在于
其特殊的三个地域价值观。

民间力量　充分激活

广东是改革开放的排头兵，这里的人们对于"挣钱发财"有着强烈的渴望，相比较打工而言，他们更想"自己做老板"。广东人对财富的渴望，是因为曾经经历贫穷。

改革开放政策一点点落实，穷怕了的广东人民内心的劳动致富的火焰被点着，民间人人渴望富有起来，所以民间的力量极大地被激活。另外一方面，由于广东所处位置便利，港资、外资纷纷进入广东开厂设店。

广东的民间力量生猛，不等不靠，不骄不躁，广东人的所谓"敢为天下先"有先天优势：广东明清以来就与海外联络频繁，无论是销售技巧还是商业模式，都有一定的历史积累。这些历史的积淀随着新政策的实施慢慢恢复，开放的广东能够熟练使用这些资源。

广东人特别注重经验积累，在市场经济的浪潮中，自我迭代成为广东人的特色。拥有野心的人总是更敢于尝试，也更注重学习。广东人把自己做老板当作成功标准。当老板就需要付出比别人更多的代价，内有管理策略抚员工，外有高标准产品对商家，为了超越同行，广东的老板们将质量、创新作为标杆，一直向前跑。广州跑出了微信、相聚年代、唯品会、网易，深圳跑出了华为、腾讯、招行、平安，佛山跑出了碧桂园、美的……民间的力量激发，将"东西南北中，发财到广东"这句话彻底实现。广东吸引了大量内地人才，人口流入量稳居全国前三。

广东人胆子大，不会"乖乖"等着，而是要用实际行动去证明自己的能力，以此来获得政策的大力支持，用反向推动的方式，给自己的企业寻得新发展。

如果用一个词语来描述广东民营强企业的经济力量，那就是"生猛活力"。

地方政府　效劳路线

外地企业到珠三角地区开展分公司或开展会议，常常惊讶于广东高效的劳动率。这是因为广东的地方政府在"放管服"方面不断作为，全面为企业发展提供便利，把对企业的干扰度降到最低。

广州市工商局 2017 年在全国率先推出"人工智能＋机器人"商事挂号，首创商事挂号"无人大厅""无人批阅"新形式，实现"免预约""零碰头""全天候""无纸化""智能化"处理商事挂号。对契合标准、规范的请求实现"秒级"批阅。深圳市也在 2017 年发布首批100 个"不碰头批阅"效劳事项清单，流程相对简单的事项，实施不碰头"秒批"效劳。

广东地方政府在改革开放初期，一直向中央"要权"，最后还得到中央的支持。邓小平的"杀出一条血路"给了这些为城市发展奉献的公职人员强大的动力，改革开放之初曾任中共深圳市第一书记、深圳市市长的吴南生在争取建立经济特区时曾义无反顾地说："假如省委同意，我情愿到汕头搞实验。假如办不成，要杀头，就杀我好啦！"这些有担当和远见的官员是广东的破局者，为了这座城市的发展披荆斩棘。

如果用一个词语来描述广东的政府形象，那就是"谦善务实"。

各种形式　竞争激烈

广东不要"形式"只要"生态"。广东的各个市相差甚大，成功形式往往并不是单一的模式。佛山的形式是向内成长，与德国形式相近，政府积极营造更利于经济发展的环境，为本土企业打下良好的基础，所以所以本土企业发展迅猛，大名鼎鼎的格兰仕、美的、志高以及顺丰（初期）都是出自佛山。东莞的形式是外向经济，土地和外来人口优势大，外向型的"三来一补"更能获利，于是向更加合理和均衡的方向转化。深圳的形式是"四个难以为继"，在曾经 GDP 增速落后的时段，咬牙坚持着转型，守得云开见月明，科技创新、高端效劳与金融都有亮点。广州的形式是"动能转换"，在原有的商贸、交通优势之外，再增加人工智能、信息软件和生物技术的大力推进，GDP 增速与上海、北京持平，文教医疗资源持续在华南领先。

2018 年，这 4 座城市为广东 GDP 迫近 10 万亿贡献了绝大部分份额：广州 2.3 万亿，深圳 2.4 万亿，佛山 1 万亿左右，东莞 8278 亿，4 个要点城市加起来差不多是 6.5 万亿，占到广东 GDP 的 66% 左右。

但是"广东形式"却没有统一的答案，各地市据自己的地理位置和经济能力做出最好的选择，但互套模板并不可行，例如让佛山学习深圳的先进经验，但是深圳的地理位置和产业布局和佛山并不同，所以未必适用，还可能有相反的效果。

如果说真的有"广东形式"，那就是放权，让各个地方根据自己的核心优势去找属于自己的形式。市级领导知道哪里需要发展，哪里能获得利润。各市有自己的形式，这是广东的大生态。广东以占全国 1.8% 的土地面积，占全国 8.03% 的人口，贡献了超过全国 10% 的国内生产总值。这是广东奇迹，是"南边崛起"！

　　"广东形式"竞争激烈，综合来看就是一个高效的效劳型模式，让正确的人去指挥，让合适的人去干。广东没有单一形式，只有大生态。

　　如果用一个词语来描述广东的"形式"，那就是"永不止息"。

第5章：沿海地区的盛宴

改革开放的脚步首先落在华南地区，其海运发达是当中主要的原因之一。便利的交通对于改革开放有着很大的推进作用。利用沿海地区的自然资源发展商贸，对于华南地区的商人而言，是巨大的挑战和机遇。

资源：两广的天赋

靠山吃山，靠海吃海，对于沿海地区来说，海岸带土地资源开发的历史悠久、可利用类型多，滩涂与海洋资源都在沿海经济发展战略中占有重要地位。海洋在一定程度上带动海岸农、林、牧、渔、盐业、港口、海运、造船等传统产业，并促进滨海城镇体系等的发展。

＊旅游业：两广合力抱团

海洋旅游是海洋资源开发中的一个衍生行业，以海洋为旅游场所，用探险、娱乐、疗养等方式作为各类旅游活动的总称。海洋旅游业收入占了全球旅游业收入的 50% 以上。

2013 年对于旅游业来说比较特殊，国家旅游局将 2013 年确定为"中国海洋旅游年"。针对这一方针提出了系列的主题和口号："海洋中体验生活，海洋中游览中国""海洋旅游，引领未来"。对海产品的宣传，在一定程度上也给海洋旅游业产生了推动作用。邮轮游艇、滨海休闲度假、海岛观光成为主要的旅游亮点，打造海洋旅游新产品，抓住海洋旅游新发展。我国海洋旅游迎来了发展的"黄金期"。

两广地区的地理位置毗邻海岸，有着丰富的待开发可利用的海洋资源。恰逢海洋旅游业的黄金时期，两广抓住时机，选择"抱团"发展，为进军海洋业开启新的篇章。两广的海洋旅游业面临着相同的挑战，海洋旅游业开发层次低，产品没有足够特色，旅游业服务未得到完善，配备的设备也需要加强改进力度，这些亟待解决的问题成为两广海洋旅游业需要攻克的难题。两广历史文化相近，地域相近，所面对的经济环境相似，选择抱团发展，无疑能联手共克难关，合作双赢。在抱团的基础上，人才之间的互补、资金的流动、政策的支持，在两广之间都有一定的关联和互补作用。抱团发展在一定程度上避开两广之间的内部竞争，能够更有效率。

＊广西的未来：向海经济

广西的地理位置十分特殊，海洋资源十分丰富。2017 年 4 月，习近平总书记在广西考察调研时强调，广西"要打造好向海经济，写好新世纪海上丝绸之路新篇章"，这是广西向海经济发展的基础。绿水青山是广西人的金山银山，经济的发展需要陆地与海洋的统一协调，海洋强区的建设是广西的目标。

习近平总书记曾经赋予广西新的定位，"五个扎实""三大定位"成为广西这些年来发展的基石。海洋与渔业经济互相促进，互相融合，在一定程度上推动了全区的经济发展。2017 年广西海洋生产总值首次突破 1300 亿元，同比增长 9% 左右，这一数据是广西进一步增强"陆海一体化"获得的成就，深化改革，拉动发展，广西的渔业红利一路飙升。

2018 年十九大精神在广西得到了广泛的落实，虽然大力发展海洋业、养殖业，但是广西的生态指标却还能保持不变，"水清、岸绿、滩净、湾美"，生态平和和社会效益得到稳步的提升。

广西面对海洋的潜力就是这片地区的潜力，可持续发展是广西经济不断攀升的原则。一为积极推动广西高质量发展，二为落实环境保护制度，三为节约生态资源。绿色资源在广西得到了充分利用，而广西也为建设与自然环境和谐共生的现代化海洋和渔业事业而不懈奋斗。

变化：渔业发展进程

改革开放初期，我国渔业处于停滞不前的境地，渔业在我国是不被看好的产业，无论是从质量还是从产量上来说，市场的供应十分紧。改革初期，"吃鱼"对于大多数人来说还是一个需要解决的问题。吃鱼难，难在产量，难在捕捞。产量低源于生产效率低，捕捞难源于捕捞设备落后。1978 年全国渔业劳动力平均负债 240 元，而当年全国渔业人均收入只 193 元，劳均收入 269 元，渔民生活十分贫困。

而今天，中国成为世界第一渔业大国，水产品的贸易量更让人惊叹。中国水产品产量从 1989 年起连续 28 年稳居世界首位，2017 年总产量达 6445 万吨，占世界水产品产量 1/3 以上。渔民再也不是当初穿衣不暖吃饭不饱的情况，现在的渔村面貌和渔民的生活都发生了翻天覆地的变化。2017 年全国渔民人均纯收入达到 18452 元，高于农民人均纯收入。渔业成为大农业中发展最快的行业之一。渔业产值占大农业总产值的比重，从新中国成立初期只占 0.2%，到改革开放初期的 1.2%，到1996 年就超过了 10%。

＊发展方针：养殖为主

改革开放之前，渔业的产量之所以低是因为当时渔业的发展以捕捞为主，捕捞依靠的是自然资源，产量少理所应当。1950 年，国家开始着手渔业问题，成立水产部，奠定了中国渔业的养殖道路。1958 年

7月，《红旗》杂志发出了一篇文章，提出宜养则养、宜捕则捕的原则。这一原则在当时并没有得到好的实施效果，策略摇摆不定，捕捞仍然大于养殖。由于捕捞强度超过资源再生能力，资源利用过度，群众的"吃鱼难"问题愈演愈烈。1979年在彻底贯彻落实党的十一届三中全会精神的基础上，我国确定了"大力保护资源，积极发展养殖"的策略。

1988年，我国实现了"以养为主"的历史性转变，养殖产量超过捕捞。水域一直是我国历史发展上的"荒地"，打开了养殖的大门，"荒地"变为聚宝盆，以养为主完全符合我国国情。

＊放宽政策：调动生产

改革开放之前，渔业的没落让渔民失去了积极性，渔民纷纷放弃渔业，转而投入其他产业。渔业如今发展迅速，离不开放宽的两项政策。

一是放开渔业经营管理体制。养殖业开始以多样的方式调动渔民的积极性，以承包大户为核算单位，允许个人联产承包。以船只为核算单位，把船上的工具折算归渔民所有，以此来调动渔民的积极性，推动渔业新发展。

二是放宽水产品购销政策。改革开放前30年，国家对水产品一直实行统一收购和派购政策。改革开放后，从80年代初开始，水产品的购销政策逐步放开。水产品实行市场调节机制，可以跨地销售。由于水产品的流动，品种也从单一变成丰富，消费者可以随意选购，渔民经济收入随之增加。

＊开拓空间：发展渔业

　　远洋渔业正式开始发展是在改革开放后，1985 年，是远洋渔业的第一步重大探索。远洋渔船于此年开赴大西洋西非海域作业。随着政策与制度的不断发展，我国的远洋渔业也逐渐强大。大自然馈赠的资源并不是取之不尽用之不竭，所以在积极发展远洋渔业的同时，国家也开始实行远洋环境保护，开始发展增殖放流等事业。在远洋渔业不断发展的同时，养殖渔业却发生了一些变化。水产养殖渔业经济效益不断下滑，出现了连年亏损的情况，为了改变现状，城郊养殖场结合当时的经济发展状况和生产特点，开辟了"农庄生活"的旅游休闲餐饮的模式。在这样的转变下，效益一点点提升，直至扭亏为赢。

　　改革开放以后，我国经济迅速发展，人民生活水平发生了翻天覆地的改变，渔业也"后来居上"。现在渔业已经跨领域成为提升经济不可缺少的行业，无论是休闲垂钓娱乐项目还是餐饮美食项目、海底观赏项目，都离不开渔业的支持。渔业的发展在一定程度上还带动了服装业、渔具业的发展，为经济发展做出巨大的贡献。改革开放 40 多年来，我国渔业的发展以认真贯彻落实党的方针政策为基础，不断开拓进取。

焦虑：工业发展下的环境污染

＊重发展：在发展中约束

　　改革开放初期，发展经济是全国人民上下一心的目标。1993 年，中国正式由计划经济转向市场经济转变，各地都掀起了大规模经济建设浪潮，然而为了尽快脱离贫困生活无序发展的乡镇企业，加剧了各地环境的恶化。2001 年至 2010 年间 GDP 年增长率保持在 10.5%，其中有 6 年的增长率在 10% 以上，这是世界经济史上的一个奇迹。经济的高速增长伴随着钢铁、化工、水泥等高耗能、高排放项目的开工运行，污染物的排放居高不下。2006 年，在二氧化硫之类的污染指标只升不降的情况下，中国开始实行节能减排计划。经济发展仍在进行，工业扩张仍在继续，污染物的上升难以遏制。各界批评声不断，政府进一步加大节能减排力度，但环境仍未得到改善。2012 年入冬以后，全国性的雾霾天气出现，空气污染指数达到高临界点。此时，中国已经进入了让人焦虑的环保压力高峰。

＊重环保：在约束中发展

日本在 1950 年至 1960 年 10 年中，经济发展迅速，同时也造成了严重的污染。"不允许东京悲剧重演"成为中国环境保护的口号。1972 年 8 月，在中国的第一次环境保护会议上，提出了"保护环境、造福人民"的口号，制定了若干环境保护的方针。1983 年的第二次全国环境保护会议上，提出了摒弃"先污染后治理"的路径，实行"社会效益、经济效益、环境效益"同发展的战略方针。

各级政府开始加强环保体系建设，先后颁布一系列的环保法律和标准，水污染防治法、森林法等，初步构成环境保护的框架。2015 年，环保法正式出台，有效降低了污染程度。十九大提出，"推进绿色发展"，加强生态文明建设，走可持续发展道路，是建设美丽中国的必然要求。在约束中发展已成为我国生态文明提升的重大表现。

第6章：川商崛起在路上

在过往的岁月里，改革开放促进了华南地区的蜕变与重生，而在这波涛汹涌的时代里，有那么一群人，他们踏着时代的巨浪步步前行，他们是来自我国西南地区的川商，一群坚韧的"淘金者"。如今，时代在发展，而川商的脚步也未曾停歇，走在路上的他们不断追逐着梦想，奋力前行。

十年磨剑川商崛起

"川商"是一群人的符号，是一个时代的符号时代的风云变幻莫测，川商恰逢机遇亮剑。"川商"是群体的象征，"川商"是兄弟抱团齐心协力的战斗群体。

＊川商之力：冲出盆地，走向世界

川商并不是专属于"四川人"的户籍概念，并不仅限于四川人。它的本质是所有四川在外商人和在四川创业发展的外来商人的总称。川商的崛起，在一定程度上加快了经济的发展，为社会财富注入了新的动力。在财经风云人物的评选中，川商总是列入其中。这些人是川商中的佼佼者，更是数十万川商的榜样。川商凝聚着力量，冲出盆地，走向世界。

在"十五"和"十一五"规划中，总能看见川商的身影。他们见证着历史，推动一系列战略计划的实施。川商的六大特性让其能够持续健康的发展：一适应性。川商抱团发展，信息共享，拥有对国际市场敏锐的洞察力，对于全球经济有更加精细的把控。二是自律性。川商寻求健康发展，在法律法规和行业准则方面高度自律。三是创造性。川商紧盯市场需求，结合技术改革，拥有特殊的创造力。四是合作性。抱团发展是川商的根，互补整合的优势成为他们齐头并进的力量。五是国际性。川商眼光长远且注重全面发展，拥有全球意识。六是坚韧性。不屈不挠的坚韧意志是川商能够崛起的核心竞争力。

这些特质让川商克服来自社会、市场、自然的三重考验，在金融危机下沉着冷静、共克时艰，在宏观调动下解放思想、勇敢开拓。从大集团到个体户，川商的发展都有其独特性。与川商人的勇于担当，不忘本根，回报社会，服务人民，川商人慢慢走上世界之路。

＊川商之道：历经风雨，屹立不倒

川商之道是川商能够崛起的条件，昆仑之脉，青藏之源，四川盆地的川商质地是"亚洲脊柱"。青藏高原的大气熔铸了川商品格。为什么称川商是第三极之巅？这源于四川的地理位置，山是青藏高原的山，水是青藏高原的水，文明是青藏高原的衍生。四川是青藏的"后花园"，拥有大山之性。

道家文化是川商的魂，宣扬人与自然和谐相处。川商起源于道家，但是却在道家文化上寻求突破发展，取其精华，向科学发展观靠近，走出了一条朴素的科学之路。四川是中国治水的发源地，都江堰工程千年不朽，闻名世界。四川千百条的河流滋养着川商，也磨炼出川商朴实无华、无处不在、永不变性、永不后退、永不停歇的品质。表面上清澈平静，内里却深不可测。滴水穿石，不离不弃，不达目的绝不罢休。新中国成立以来经济增长最快的10年，正是川商发展最迅速的10年。川商在推动西部大开发的层面上有不可替代的作用。川商做强做大电子信息、汽车制造、油气化工、食品饮料、工程建筑、能源电力、现代服务等产业，在西部经济发展中贡献力量。2008年，汶川大地震，川商在抗震救灾和灾后重建中积极参与，创造了伟大的奇迹。

＊川商之变：发展跨越，引领标杆

川人在中国开挖第一口盐井，第一个发现蚕丝的妙用，第一个人工栽种茶叶，第一个发明纸币，第一个修筑栈道，第一个发明火药，第一个开辟茶马古道。这是旧时代的川商，新时代的川商有了新的崛起。

四川省委强力推进"川商培养计划"，打造"商界精英"，培养"明日之星"，培植"创业能人"，这对川商发展无疑具有划时代意义，不仅一代新川商呼之欲出，而且这个优秀的群体正是四川跨越发展的重要推动力和四川走向世界的核心竞争力。汶川大地震的灾后重建，让四川处于一个转折点上。西部大开发、扩大内需，这些项目将给川商带来新的春天。

川商崛起三部曲

川商经商历史悠久，英雄豪杰辈出。川商跨越蜀道难，雄心壮志可比夔门高。起起落落的川商，经历了三部曲。

＊第一步：扎起川行大道

扎起（扎在四川话中念 zā）一词源于在古时兄弟朋友之间为对方两肋插刀的故事，当今社会，"扎起"在川话中代表着互相支持、互相帮助的意气情谊。"扎起"是川商互帮互助、抱团发展的合作文化，更是川商勤奋、努力的表现。

汶川大地震后，四川一地百废待兴。合作能力强的川商仅用 5 天之间就向蜀地捐款和物资共计 16.19 亿元，甚至有川商群体自发组成志愿者小队，从全球各地汇合共同支援。道德与良知的坚守，成为川商崛起的第一步。

＊第二步：雄起以天下先

"雄起"一词用来形容川商，最为妥帖。有这样的一句话"有人雄起，戴玉英，履赤矛"，用来形容精神抖擞、威风凛凛的英雄气概。

川商群体中流传着这样的一句话"天下川商始于蜀"。蜀地的历史颇为惨痛，多次改朝易主，多次受到侵略屠杀，蜀地人经过多次磨炼催生了坚忍不拔和乐观开朗的态度。为了更好地生存，蜀地人更加勤奋和勇敢。当时，16 位富商聚集，在一起讨论商议，创造出新的保管钱财的模式，这就是交子的"诞生"。勤劳勇敢是蜀地的先辈传承下来的特殊品质，这是无可替代的宝贵财富。

四川人敢为天下先，勇于创新，无论是在新能源、新材料领域还是在"一带一路""中国制造 2025"中，都起到了创新和引领的作用。迎合全人类的发展，正视现实的需求，川商与"一带一路"沿线国家合作，为他们提供补给，创造出垂直链。

＊第三步：崛起不甘人后

"崛起"一词充满着爆发力，代表着快速反应和精准需求。川商的起源地——四川，是一个历经沧桑的地域，天灾和战争在四川发展的历史长河中留下了重重的一笔。经济发展深受影响，与沿海地区相比而言一直落后。川商之所以能够以这么快地崛起，恰得益于四川省落后的经济。对于沿海城市来说，从九到十是一种进步，但对于四川来说，从零到一却是一种崛起。四川的落后给了川商极大的发挥空间，川商并不以落后为痛点，反而把其当作一种机遇。近年来，川商纷纷崛起，以不甘落后的心态促进四川的发展，四川成为西部大开发战略中的重点发展地区，在电子信息、汽车等产业的飞速发展下，"成都制造"一度成了我国制造业技术顶峰的代名词。

互联网的高速发展加快了信息共享，在共享信息这一方面，川商已经在蜀道之上架起"通天桥梁"。川商不但在内部共享，还与浙商、晋商等其他商会合作，互利互惠。2008 年 10 月 28 日，首届川商大会在四川省人民政府的大力支持下成功举行。2016 年 2 月 23 日，四川省川商总会在成都成立，这是继浙商总会后，全国成立的第二个商会总会。成都也因此吸引了大量的外企安家落户。

勤劳务实的川商在新时代的影响下快速成长，敢于创新，力争崛起，这是能够载入巴蜀历史长河中的骄傲。

第7章：南下商帮的崛起

华南地区数十年来的发展离不开外来商人的带动，在 20 世纪 90 年代初，数不清的商人南下，商帮各显神通，在华南展开了一场奋力前行的角力战。

十万浙商南下深圳

改革开放的春风拂过广东，深圳吸引了众多商人前来。10万浙商乘着改革开放之风南下，在深圳留下了他们的足迹。

＊南下：十万浙商来深创业

"深圳浙商"是一面光荣的旗帜，大批拥有创新精神、勇于担当的企业家，用实力和行动诠释了"浙商精神"。1990年，深圳市浙江企业协会诞生。协会从刚开始的十几位成员扩张到如今拥有500会员的规模，近年来，由于商会不断发展壮大，为了能够满足商会成员的需要，商会成立了华南城原料分会。

浙商协会的企业涉及20个行业领域，包括服装纺织、电子配件、五金电器、工程建筑、地产物业、电气安防、设计印刷、金属材料、融资中介、餐饮食品等。甚至包括一些知名大企业，例如华为、华联、华兴。浙商如今已在深圳投资创办企业3000多家，年纳税超过200亿元。

＊创业：抢占行业"制高点"

熟悉阿里巴巴的都知道，"要想批发百货和服装就去浙江"。纺织业是浙商开辟商业道路的"制高点"。80年代末至90年代初，青年群体开始追求时髦，深圳的服装业有高额利润缺口，国内和国际市场都有庞大的需求，浙江的服装从业人员带着领先的技术纷至沓来，掀起了新一轮投资热潮，为深圳撑起了服装产业一片天空。

后来，服装市场慢慢达到饱和，恰逢深圳经济结构调整，华强电子市场出现在浙商的眼前——新的商机出现。浙商紧跟电子行业，在深圳从事电子行业的浙商企业超过 1000 家，约占深圳整个电子配套市场 45% 的份额。而在电子配套市场从事生产、销售的浙商中，95% 来自温州乐清。此外，深圳的低压电器和五金工具的销售，基本上也被浙商主导。

＊责任：诠释浙商精神

"深圳浙商"代表着经济效益，更代表着浙商的精神。回报社会，敢于创新。2007 年深圳浙商举办了一场"心连心手拉手——放飞爱的希望"慈善晚会，浙商会员共捐款 180 万元。2008 年，深圳浙商在浙江仙居和江西遂川捐资修建两所希望小学，共招收了 500 多名学生，这两所希望小学的顺利开办改善了当地贫困学生的教育环境。2008 年汶川大地震，商会在第一时间向汶川捐款 30 万元，并且在后续的时间里一直为汶川的灾后重建积极呼吁、捐款捐物。据不完全统计，深圳浙商共向灾区人民捐款捐物达 3000 万元。

浙商精神是商道成功的思维，他山之玉可攻石，守志笃行、诚信为本、开天辟地、有容乃大。

新粤商群雄崛起

广州作为中国改革开放的前沿城市，是珠三角经济发展最为迅速的城市之一，吸引了众多企业在这里扎根生长。历史上的广州有粤商，广府帮、潮州帮、客家帮、海陆丰帮等商帮。改革开放后，新粤商在这里崛起。

＊务实：老粤商的成立

粤商初形成于明代，广州帮和潮州帮是当时较大的两个粤商帮派。到了清代，嘉应帮也加入进来。《货殖华洋的粤商》一书的作者黄启成对粤商的形成与发展有系统的论述。明代中叶商品经济发展较为迅速，与邻国贸易频繁，一些商人为了获利，私人组织船只冲破海禁出海贸易，发展成了海上商帮。粤商的初期便是海上商帮，开放海禁之后，越来越多的人加入贸易之中。海上贸易风险较大，为了保证交易的安全性，海上商帮不仅内部结交还与外部联合成为更大的海上集团，在这以后粤商便正式出现。

明末清初的屈大均说，广州"人多务贾与时逐"，可见广州人经商之势头。广东商帮在明代后期已经有了比较完整的体系，开始建立专属于广东商帮的会馆。《鼎建戏台碑记》中有明确记载，万历年间广东商帮在苏州阊门外山塘建立了岭南会馆。万历二十五年（1597 年）在海南岛儋县建立了天后宫，至清初改名为广府会馆，随又改名为福潮会馆。广州府的东莞商人于天启五年（1625 年）在苏州阊门外半塘建立了东官会馆，后改名宝安会馆。

改革开放后涌现出的一大批新粤商同样具有开拓精神、吃苦精神，不同的是，新粤商的视野与思路更为开阔，对国内外现代科学技术与管理经验接受能力也更强。如果说传统的老粤商们善于捕捉市场商机，那么，在中国深度参与经济全球化的时代，新粤商更善于在国内外市场创造商机。

*改变：新粤商的崛起

改革开放后，新粤商扎堆崛起并不是偶然性的。那么他们的崛起靠的是什么？

新粤商的崛起在于"闯"。华为是当今数一数二的王牌企业，任正非作为华为的掌门人，一路"闯"过来实属不易。华为公司的注册资产在 30 年前仅有 2 万元。陈毅元帅在《梅岭三章》中曾经这样描述过创业——"创业艰难百战多"。作为粤商的一员，任正非有担当和职责，即使创业初期日子艰难，再省也没有省过研发费用，每个季度的 10% 研发经费总是如期拨付到账。如今，华为已成为全球最大的通信设备制造企业，在美国《财富》杂志公布的 2017 年世界 500 强企业排行榜上，华为居第 83 位。

新粤商的崛起在于"狠"。格力空调正是粤商的"狠辣"代表。20 年前，国内的空调"大哥"没有确定，各品牌竞争激烈。当时任职格力品牌销售经理的董明珠，立志一定要把格力做成知名品牌。董明珠一人带领部门 23 人挑战其他厂家上百上千人的团队，紧咬牙，宁可让出市场也不打低价格战。"狠"劲激励着董明珠团队奋进，最终让格力拿下"空调大哥"的位置。在 2015 年《福布斯》亚洲商界权势女性 50 人榜单上，董明珠位于第 4 位。

新粤商的崛起在于"新"。汽车在交通出行中占比越来越大，随着人民收入的提高，汽车已经走进千家万户。而近些年来，汽车与环保总是挂上钩，比亚迪抓住机遇顺势而上，新能源汽车问世。"新"，并不是一蹴而就。一直新，才是比亚迪老板王传福不变的宗旨。从新能源电池入手，再发展到新能源汽车，比亚迪一直在"新"上下功夫。2008年，巴菲特以 18 亿港元认购比亚迪 10% 的股份。

新粤商的崛起在于"变"。万科作为老牌企业，靠经营 VCD 获得第一桶金。时代在变，万科也在转型，领导人王石知道，VCD 不是永久致富之路。20 世纪 90 年代万科转型房地产领域，这一次转型是万科"变"的成功。

还有很多和王石一样的粤商，在时代的发展之中以变应变。新粤商并不单单指这几位企业家，还有一大批抓住新机遇的粤商。有些把企业做出名，有些把自己做出名。在这些成功的新粤商中，绝大多数人不是广东本土人，而是来自全国各地，例如任正非是贵州人、董明珠是南京人，他们虽然不是广东人，但他们的成功却离不开广东这一块热土。广东这一块土地，既是改革开放前沿，更占据临海的有利条件，还享受国家对外开放政策的红利。天时地利与人和，让新粤商们在这块土地上建功立业。

第8章：商帮大团结筑梦未来

这是一个团结共赢的时代，单打独斗的年代已经成了过去。如何能够在这个充满机遇的时代里获得成功，这是每一个商人都面临着的问题。面对着生活的压力和时代的机遇，越来越多的商帮强强联手，开辟出属于自己的天地。

商帮群雄：饱含人文情怀

纵观历史，中国的商品经济经历过三大蓬勃发展时期：秦汉、唐宋、明清。秦汉有"富商大贾周流天下"，唐宋有"南商""北商"一代商贾，到了明清出现了地方商帮和商人资本的兴起。传统的"十大商帮"起于明清。以"晋帮""徽帮"最为著名的商人集团，聚集了大量的资本。

传统的十大商帮在历史上所做的贡献并不仅仅只是推动经济发展，还有形成了流传至今的商业文化和商业伦理精神。传统的商业文化以儒家思想为中心，所以传统商人在遵循商业的基本准则例如诚信、厚道之外，还注重提升个人素质，注重内在修养，表现为宠辱不惊、平淡、重义气等，渗透着一种"经商亦是救人"的人文情怀。越是境界高的商人越注意内在修养，儒家"天地之大德曰生"就是张謇下海经商的首要准则。传统商帮的使命感，对现在的经济建设和商业道德建设仍然有积极的影响

新商帮：联手构筑战略

古有传统的十大商帮，今有新崛起的十大商帮，包括浙商、苏商、粤商、闽商等。新商帮将传统商帮的地域文化和商业精神与敏锐的市场意识结合起来，改变了商帮的传统形式，在现代社会中创造出了一个又一个商业奇迹。

在全球经济一体化的背景下，中国商帮峰会的会议上就中国企业摆

脱地域性和摆脱恶性竞争模式做出了激烈讨论。中国商人大联合,打造"蓝海战略"高地,在面对国际性的挑战时,能够展现出民族凝聚力。新"十大商帮",是商帮之间互相学习、互相促进的过程,其中有几个特殊的商帮,如浙商、闽商、苏商在竞合中起到了极大的促进作用。浙商大军人数甚多,除了省内有400万的商海弄潮之外,省外还有300万人,国际上还有100万人,浙商的资本积累能够促进其他商帮的发展。闽商,在省外的人数高达250万,更值得一提的是闽籍华侨华人数量达到上千万,他们是区域经济的催化剂,推动着全球经济的和谐发展。商帮之间的联合发展,是在竞争中求合作,合作中得共赢。

重商业:削弱帮派意识

全球经济一体化是中国企业需要面对的事实,与世界经济接轨的新格局已经形成。所以无论是南方的浙商、沪商、徽商、闽商,还是北方的京商、鲁商、豫商,都需要面对的现实。

联想收购 IBM,海尔走向世界,华为构建国际竞争力,这些企业已经抢占先机走向国际的舞台。世界竞争的加剧,让企业之间的竞争加剧,想要在国际竞争下更好地发展,只有各大商帮团结合作,从全球化的角度和视野整合资源,摆脱过度价格竞争的模式,用科技创新和产品创新在国际上立足。

商帮精英之间合作,将地域文化特点杂糅到一起,取"商"的含义,减少"帮"的意识。过去的商帮讲究帮派是因为市场的封闭与垄断,交通不便利,所以建立起"帮"的归属概念。现代企业开放文明,强调合作共赢,物流交通便利,市场开放,特别是在全球一体化的背景下,商帮需要摒弃"帮"的概念,合作赢得未来。

第二部分

群雄逐鹿不枉韶华

第9章：华南川商的先行者

众所周知：万事开头难。对于第一批南下的川商而言，他们没有前人经验可借鉴，也没有充足的底气，他们凭借着川人独有的韧劲迎难而上，击破了重重困难，在华南这个全国发展最快的地区开辟出了自己的天地。

没有什么困难，是无法攻克的；没有哪段时光，是注定要平平无奇的；没有任何打击，是能摧毁人生信仰的；没有任何故事，是能掩盖身上辉煌的……首批南下开辟市场的川商，凭借着一腔热血，为后人开辟了一条通往成功的商业之路。

身无长物，落到最低处

身无长物，恐怕是第一批南下川商在初期面临着的最大困境。要如何在人才辈出的华南成就一番事业，技术与经验的缺失是他们无法逃避的最大难题。

在川商群体中，胡志良也许不是最成功的一位，然而他却是其中经历最离奇的一位。胡志良南下的时间在第一批川商都算早的。他曾经在川藏高原服役，在部队养成了看书的习惯，这个习惯成了他一生的转折点。

1985 年从青藏高原退伍的胡志良恰逢改革开放的东风，28 岁的他渴望摆脱家乡日出而作、日落而息的生活，因而胡志良将家里唯一能够卖钱的猪卖掉，揣着 30 块钱南下深圳。

20 世纪 80 年代中期的深圳并不是容易进入的，作为第一个经济特区，深圳 80 年代中前期的人口管理十分严格，要进入特区发展首先要办理边境通行证。而盲目来到深圳的胡志良自然被拒之门外。

经过了几番努力，胡志良在亲朋的帮助下解决了入关问题。可是，在来到深圳以后，胡志良遇到了另外一个困难——没有人愿意聘请他。

要知道，在深圳无法找到工作的话，胡志良身上的 30 块钱很快就会耗尽，而没有学历也没有技术的他如何能够找到工作呢？胡志良仅有一身强壮的肌肉与坚强的毅力，他好不容易在一处工地里找到一个打杂的岗位。虽然劳动强度很高，然而吃苦耐劳的他却感到十分满足。

不久，工地负责人发现了他有每日阅读的习惯，并且能写一手好字，有一股好学的冲劲，因而破例提拔他为施工员——这是胡志良到深圳以来第一次有了被重视的感觉。

只是好景不长，胡志良所在工地负责的工程项目很快就要结束了，再度面临着失业的胡志良陷入了困境，看着眼前日渐繁荣的深圳，他竟一时间不知应该到何处去……

几年后，另一个同为退伍军人的川人也来到了华南，这个年轻人跟所有人一样，身无长物却心怀着满腔热情，走在人来人往的火车站，他打量着身边的每一个人，并且在心里默默地掂量着：我比他们年轻，我有使不完的力气，哪怕是搞搞搬运，也能够活下去。

他叫王开庆，一个籍籍无名的年轻人，那时候的他不知道自己未来的路在何方，也不知道在 20 年后他将会成为当地影响力十足的一名商人。在当时，他一心就想卖卖力气，因此他想方设法在火车站旁成立了一家货运公司。凭借着自己军人的素质，王开庆一咬牙将货运公司经营了下去。

刚开始的时候，再苦再累的活在王开庆眼中都不是事，他认为靠着自己的劳动赚钱，这就是一个男子汉的所为。在这股韧劲下，他的货运业务不断开拓，公司也逐渐发展起来。两年后，他的公司业务伸展到了大半个中国，成了第一批南下川商里的佼佼者。

20 世纪 90 年代初期的华南，有的人在机遇中小有所成，也有的人在困境中挣扎求生，这就是当时充满机遇的华南，在竞争中有人突围而出，也有人泯然众人……然而，对于一段风起云涌的大时代而言，这一切不过是一个小小的起点罢了。

华南创业史就像是一场马拉松，也许在开端人们有着各自不同的际遇，然而真正考验他们的并非是一时成败，而是面对选择时的坚持与信念。

一样的梦想，不同的际遇

南下的旅途注定是艰辛的，尤其是对于第一批南下的川商而言，他们从未想引领时代，甚至不清楚自己的未来，面对着未知的前路，他们能够依赖的便只有那传承于故土的川商精神。

面对着未来，他们不知如何选择，也许一个错误的决定能够让他们痛失良机，也许一个偶然的机会能够让他们一夜蜕变。不过，不管怎样，对于这群南下的川商而言，开辟从来没有对错，问心无愧迈步前行，便是未来对他们最好的指引。

正如面临着失业的胡志良，他在日后的一个选择中奠定了自己事业的根基，并且找到了发展的方向。面临失业的胡志良在一次干活的过程中遇到了工程业主的青睐，当工程业主问他会什么的时候，胡志良不假思索地回答：做饭。胡志良的回答引起了大家的哄笑，然而这么一句话，却让胡志良成了日后的餐饮业巨子。

工程业主决定留他在饭堂当一名炊事员。虽然，那仅仅是一个小小的饭堂，胡志良却在其中学习到了许多知识，过了不久，胡志良跳槽到八卦岭的一家公司，成了一名食堂管理人员。期间，他在采购的时候注意到了一家火锅餐厅，餐厅座无虚席激发出他自己做老板念头……此时，正有一家酒店由于房租纠纷的原因转让，这时候胡志良连忙凑齐30万盘下了这家小店。然而很快，胡志良便开始手足无措——他并不懂得如何去经营粤菜馆。思前想后，最终胡志良下定决心要将小店重新装修，并且将自己最引以为豪的川菜带到这个地方，弘扬川菜文化。

踏实与稳健是胡志良步步前行的武器，面对竞争，胡志良始终沉着应对。几年里，胡志良从一个民工变成了一名餐厅小老板，虽然他的脚步缓慢，然而他的每一步都朝着自己梦想的方向走去。

1995 年，王开庆的事业已经步入了正轨。这时候，与他一同南下的朋友因为看上了世界大观附近投资综合开发项目，找到了王开庆，开口向他借 200 万投资。重情重义的王开庆虽然事业上了正轨，然而 200 万在当时实在不是一个小数目，相当于一家百人工厂一年的总收入。面对着朋友的哀求，王开庆二话不说将自己货运公司的资金全部抽出，并且想方设法向身边的亲朋好友借款，好不容易凑够了 200 万。

没过多久，朋友的投资失败，一夜间血本无归，王开庆也背上 200 万的巨债陷入了困境。当时，王开庆对于商业运作并不十分了解，加上公司运作资金短缺，外债累累，王开庆仿佛走到了人生的绝境，好几次他想要从楼上跳下去，一了百了。

幸而，军人的冷静与坚韧拯救了他，面对着困难他咬牙迎难而上，在 3 年的时间里，王开庆想方设法筹措资金，最终咬牙还清了欠款。在还清欠款的那一刹那，王开庆仿佛重生，而广州这个充满机遇的舞台也重新向他开放。

虽说，如今川籍商人在华南地区的投资金额让人咋舌，可回头望去，他们也曾为了生活而苦恼和无奈。在 90 年代的华南，如王开庆和胡志良一般的人比比皆是，他们或而稳步前行却始终没能看到希望，或年少有成又屡受挫折，这些都是时代给予他们的磨炼，同样也是在陌生的环境中开辟事业的代价。

殊途同归，坚守初心

站在时代的角度看，20 世纪 80 年代至 90 年代无疑是经济发展最快的年代，当时无数能人辈出，成了一时的佳话。可事实上，真正能够坚持至今的成功川商，他们无一不是从一无所有走进来的，并且随着时代的发展一路进步走到现在。

比如王开庆的成功便可以说是得益于在南下几年里所积累的人脉和眼界。1998 年，当时还是一家小货运公司老板的王开庆路过恒福路，突然他灵光一闪，一眼看到了恒福路、淘金路等街道的升值潜力：作为广州当时最重要的商业区，这一带的发展潜力尚且没有被充分挖掘，王开庆决意做第一个吃螃蟹的人。

经历过起伏的王开庆知道，自己根本没有能力盘下这块"肥肉"，这时候他想起了在军队里常听的一句话：狼群之所以战无不胜，因为它们对付猎物都是集体进攻。王开庆马上联合了几个朋友，利用"资本杠杆"撬动了一幢建筑面积 8000 多平方米的大厦，通过综合开发后实现长期出租，为随后数十年的良好收益奠定了基础。

这一幢大厦也就是后来广州国贤发展有限公司的总部所在。从盘下这幢大厦开始，王开庆仿佛看到了自己的梦想正逐渐实现。在这个项目里，王开庆成了国贤发展的董事长，为他未来的发展奠定了稳固的基础。

而同为退伍军人的胡志良同样在稳打稳扎的成长中取得了属于他的成功。在面对两地不同的饮食文化时，胡志良做了细致的市场调查，调查的结果让他喜出望外：当时深圳已经有数以十万计的外来务工人员，而当时大多数企业并没有饭堂，而且绝大部分外来务工者并不习惯广东口味。基于川菜的市场潜力，胡志良最终建立了"华神川菜火锅城"，将最简单的重庆火锅带到这个生活节奏飞快的城市里。

随着生意的发展，胡志良更是发现了一个商业秘密：简单并不代表粗糙，要做到简单与好吃共存，首先需要在香味上下功夫，让顾客闻到重庆火锅的味道就口水直流。于是乎，胡志良开始在"汤"上大做文章，甚至不惜请到了当地最有名的火锅底料熬制师傅，研究出了独门秘方，使"华神"在短短几年间成了当地最有名的重庆火锅店。

如今，他所经营的华神饮食连锁有限公司已经拥有了两家分公司以及8家连锁分店，集生产、加工、烹饪于一体，是当地远近闻名的川菜美食集团。

对于第一批华南川商而言，创业并没有任何固定的模式，正如同为退役军人出身的王开庆与胡志良，他们两人在创业的过程中有着不一样的发展轨迹，然而却都凭借着自己的坚韧与毅力走到了梦想的彼岸。在没有前人为鉴的道路上，每一位华南川商都只能够凭借着自己的摸索与探究去开辟属于自己的道路。

万象更新需要每一个人的奋力开辟，这是90年代初期的华南给所有人的挑战。大浪淘沙，能够跨越门槛的人才有资格在随后的发展中稳健前行。这是时代所发起的挑战，每一个南下的川商都必须面对，同样这也是时代的厚礼，在那个时代里，无数南下川商磨炼出了坚强的毅力，迎接一个又一个挑战。

第10章：企业家的回馈

对于四川的商人而言，正是改革开放给了他们绽放的舞台，方才有 500 万川商华南绽放的奇迹；对于华南而言，正是在无数外来人口的支持与努力下，其方才成了如今国内经济发展最快的地区之一。

深圳地区许多来自川地的商人都是改革开放的受益者，如今，事业逐渐步入正轨的他们用自己的方式去回馈家乡，回馈华南，用自己的努力与热情为这个舞台的发展添砖加瓦。

孜孜不倦，把人才留给华南

多少年来的奋斗，让南下的川商对这片土地融入了太多的情感。40年前，他们来这里时一无所有，这片土地的包容给了他们新的天地；而如今，这群羽翼渐丰的川商已经在这里度过了多个年头，他们逐渐变得强大，也渐渐成了这片土地的守护者。

21世纪才来到深圳的牛凤琴，多年以来一直努力回馈华南。2009年，牛凤琴在这里开设了第一家公司——翔翎家政服务有限公司，开始了她的奉献之旅。在创业的路上，她经历过无数的挫折与打击，然而心怀大善的她始终不放弃，要将最好的服务留给身边每一个人。

2015年，在创业路上几经波折的她终于迎来了自己事业的转折点，随着新围国育第一幼儿园的成立，牛凤琴成了幼儿园的法定代表人，此时的她将服务带给了下一代，希望在这片土地上能够有更多的孩子因为自己的教育而成才。

此时的牛凤琴俨然已经投身到了教育行业，并且将其当作了自己一生的目标。两年后，翔翎幼儿园正式成立，作为企业总经理的牛凤琴同样成了幼儿园的法定代表人，以身作则发展华南地区的教育事业。

几年来，牛凤琴一直把精力放在教育上，直到目前为止，翔翎集团旗下已有5家幼儿园，4家艺术培训机构，在华南地区建立起了一个烙印着川籍标志的摇篮。此外，为了让更多优秀的人才能够找到自己发展的空间，牛凤琴更是创办了一家派遣公司，每年为幼儿园以及家庭输送人才一千多人。

也许，在旁人看来这不过是一个人的事业，然而对于牛凤琴来说，这是她义无反顾的奉献，为这片土地的奉献。"合作双赢"对于川商而言并不是一句口号，那是他们实实在在的行动。华南是川商大展拳脚的舞台，也是川商奋力前进的支持。如今，当年的那批川商长大了，成才了，他们希望以自己的努力去帮助其他的人一同成长，让成功的火把一直传递，照亮这片有过无数辉煌的土地。

育人无悔，让企业成为人才的平台

也许，在华南川商群体中，并不是所有的人都如牛凤群一般，将所有的青春都奉献给这片土地，然而这丝毫不影响他们对这片土地的热爱，每一位来自四川的企业家都抱着回馈社会的心，以自己独特的方式去回馈这片土地。

服装起家的魏泓他便以企业为平台，为社会培养出无数的专业人才。他 17 岁来到深圳，这名当时仅会缝衣服的小伙子凭借着一股冲劲，在人才辈出的深圳开辟出自己的一片天地。

2003 年，魏泓在深圳成立了威仕度服装有限公司。在他的用心经营下，威仕度一路走来，从小小的服装团购公司成长为私人服装定制企业。在 2008 年金融风暴中，魏泓咬紧牙关与员工埋头奋进，最终带领着威仕度服装走出了困境，迈向了辉煌。

威仕度能够有如今的发展，除了魏泓在专业上的极致与坚持以外，对于人才的重视同样也是必不可少的。他曾经说过："企业之间的竞争，说到底就是科技的竞争，人才的竞争。只有拥有人才，我们才能够拥有市场。"

因而，威仕度在运营过程中一直致力于寻找高素质人才，并且在内部用心培养人才，希望能够让更多的年轻人拥有发展的机会。多少年来，威仕度一直致力于培养人才、凝聚人才，为此采取了一系列的措施，力争让所有进入威仕度的员工都能够成为所在岗位的专家，激发员工最大的价值。事实上，威仕度成了社会青年蜕变的培训平台。

人才的输送与培养正是企业对社会的最大回馈，威仕度以对员工的培训与关爱不断为社会培养出专业人才，并且通过为每一个员工提供发挥的空间让他们成为专业技术的带头人，从而依靠自身的能力与社会责任感做好手中的每一份工作，实现对社会的反馈。

目前的威仕度依然是许多年轻学子的从业首选，无数怀有梦想的年轻人纷纷选择这家服装行业的领头企业，在其中不断进步、提升，从而让自己成为对社会有贡献的青年。

为社会培训更多的人才，哪怕是日后离开了威仕度仍可为社会的发展做出贡献，对于魏泓而言这就是他对社会的回馈，对华南地区这个舞台的贡献。

在华南地区，除了魏泓还有许多致力于为社会培训人才，不断提升自身服务质量为社会发展添砖加瓦的企业家，与其说他们是为了企业的发展而努力，不如说他们是更希望能够以自己的成果去回馈下一代，让更多的人能够接过经济发展的旗帜，带领社会走向更远的未来。

人才，是华南川商们最看重的一部分，同时也是他们对社会最好的回馈。用自己的力量为新生代提供更多的资源与舞台，诚如当年华南地区给予自己的一般，使每一个人都能够发挥自己最大的力量。

第11章：从传统到科技的跨越

改革开放，让我们仅仅用了数十年的时间，将一个贫困的国家变成了如今经济总量居全球第二的经济大国。在发展的背后，有一个巨大的转变是我们不能忽略的，那就是产业结构的升级。从过去的传统行业遍布到如今科技大潮来袭，几十年中我国经历了一次时代的蜕变与进步。然而，进步的不仅仅是时代，还有那些在时代中不断攻坚克难的创业者。

见证时代，从代销站到经联社

计划经济时代，许多时代的产物如今依然历历在目，例如粮票、油票、肉票，都成了粮食统购统销的见证。

由于物资短缺，七八十年代以前，供销社、代销站是老百姓们唯一的购物点，不论是食物还是日用杂货都基本由代销站供应。在那段时光，卖肉要肉票，买粮食要粮票，买布也要布票，就连一盒小火柴也要凭票……

当时的物资缺乏到什么程度呢？我们可以从其中的一个小细节窥见一斑：当时若是哪一家结婚需要买烟酒，那家人必须提前两三个月往供销社跑，一来供销社能提供的物资不多，二来当时人们的生活水平不高，每天只能买一包两包的香烟。

对于寻常百姓而言，计划经济是一把双刃剑，它虽然给百姓带来了贫穷，但同时也为他们带来了安逸。但对于国家而言，如果长期处于计划经济状态，则会给国家的发展带来许多无法解决的问题。

1978 年，党的十一届三中全会拉开了中国经济体制改革的序幕，以开放经联社、鼓励创业等方式植入，以价格改革、竞争改革等方式作为市场经济改革的切入点。

在国家的推动与百姓对美好生活的憧憬中，深化改革脚步丝毫没有停下，90 年代初期，华南地区正式迎来了市场经济的春天，商业经营单位纷纷崛起，而商品零售价格也全面放开，完全从计划经济的阴霾中走了出来。同时，手艺人也渐渐开始为生计奔忙，理发馆、拍照馆以及修理服务等经营服务逐渐出现在街头。

华南地区作为改革开放的先行者，其地区产业结构同样也迎来了翻天覆地的变化，其中最具有代表性的莫过于华南地区科技产业的崛起，

且大面积地覆盖传统行业的市场份额。许多当时在国企进行科研的高新
人才也下海经商，踏上了这条通往光明未来的征程。

执意南下，寻找科技之都

市场经济的来临，不仅仅是地区发展的福音，同时也是高新科技人
才的希望。全国各地的知识精英在华南地区崛起的号角下，纷纷摔破了
"铁饭碗"，投身华南，成就了华南地区百花齐放的繁荣景象。成都肉
联厂生化研究所所长李锂，便是在这样的情况下踏上了华南这片热土。

在南下发展之前的几年中，李锂一直致力于研发从猪小肠中提取肝
素钠的技术，并且在 80 年代末摸索出一整套肝素钠原料药提取和纯化
技术，能够将当时粗糙的肝素钠原料药最大限度地提纯。

正是有了这项技术，1992 年，李锂除了担任原有的所长职位以外，
更主动与重庆通达生物签订了技术承包合同，同年 10 月李锂兼任重庆
通达的总工程师。本来，身怀专业技术的李锂很可能便成为时代里最有
代表性的生物科学家，然而，一次业务上的分歧让李锂重新审视了发展
方向，改变了自己的未来。

在 20 世纪 90 年代初，肝炎成了我国最常见的疾病之一，而肝素钠
则被广泛应用于肝炎治疗。李锂从中看到了肝素钠批量提取的前景。为
了进一步扩大自己的业务，李锂找到了当时陪都药业的董事长，希望由
自己提供技术与原料，陪都药业提供厂房与设备，合作生产肝素钠原料
药。然而，他的方案却被陪都药业的负责人一口拒绝。

眼看着这个有着无限前景的计划被当时重庆最大的药企拒绝，年轻
气盛的李锂一气之下选择了离职，并且执意南下寻找能够帮助自己实现

计划的伯乐。事实上，南下到深圳的李锂迎来了更大的市场，并且在其中找到了属于自己的位置。

经过了多年的实验以及调整，李锂夫妇已经完成了肝素钠提炼技术的原始积累。所以，1998 年李锂在哥哥与妻子的帮助下成功建立海普瑞，而企业主打的业务便是肝素钠。

在深圳重整旗鼓的李锂这次并没有遭到市场的拒绝，在这个充满包容与创新的城市中，李锂的甘纳素提纯技术可谓是正好契合了深圳的发展所需。在海普瑞成立不到一年的时间里，李锂遇到了自己等候已久的伯乐，而且一来就是两位。

1998 年 11 月，杨向阳向海普瑞投入了 600 万元资金，扩大了海普瑞的生产线。而当时深圳市高新办公室主任刘应力更是在税收、信贷方面给李锂提供了许多优惠条件。在各方的投资与支持下，李锂终于明白：过去在肉联厂埋头苦干的李锂已经不复存在，因为这时候的他已经成功跨越了时代，从传统行业时代成功转型到了科技企业。

他不必如以前一般做单一枯燥的工作，也不必为了推销自己的新成果而四处奔忙，如今他的职责是利用科技手段不断突破现有的生物技术难关。李锂从一个在传统业埋头苦干的工作人员变成了一个走在时代前沿的生物企业家。

科技上市：从传统到科技的跨越

李锂的例子，在华南地区 90 年代随处可见。曾经默默无闻的国企员工摇身一变成了商业道路上的巨人，而科技企业的崛起更是见证了新时代的来临。从 2000 年开始，科技企业的崛起宣告了过去传统行业占据大部分市场份额的时代已经过去。

而李锂也是在 2000 年决定了彻底踏上科技创新的道路。海普瑞在经历了前期的技术研发与试验后，其于 2000 年逐渐开始盈利。进入快速发展阶段的海普瑞也得到了深圳市政府的重视，为其提供了深圳高新技术税收优惠政策。

2010 年，深圳海普瑞在深交所创业板正式挂牌上市，当时海普瑞的发行价为 148 元，创造了 A 股 IPO 的新纪录，同年，其更是成了全球最大的肝素钠原料药供应商，也是当时国内唯一一家取得美国食品与药品管理局认证的肝素钠原料药生产企业，海普瑞一夜间成了"隐形冠军"。

那是李锂踏上人生巅峰的一年，那一年李锂夫妇合计持有海普瑞两亿余股，以其发行价 148 元 / 股计算，两人身家高达四百多亿元，这是在肉联厂时的李锂根本无法想象的巨大财富。回望李锂的创业路，这是夫妇二人艰苦创业的成绩，同时也是他们在时代变迁中所获得的独特成果。从小小的工作人员到首富，李锂承受着社会变迁的压力步步前行，最终成功从传统的行业走向了科技行业，并且取得了巨大的成功。

在 90 年代到世纪之交这段时间中，华南地区经历了一次飞速的发展，将其他国家百年的发展进程浓缩到 10 年中。对于当时的商人以及企业家而言，这是一个乘风破浪的好时机，同时也是一个大浪淘沙的过程。许多传统的老牌企业纷纷倒下，但也出现了许多转型成功的企业，其中更有借着飞速发展的春风逆袭的科技人员。事实上，在当时有许多如李锂一般的学者、科学家在时代的推进中开辟了自己的事业。

第12章：志存高远，川商品牌的崛起

在过去的数十年间，许多品牌在华南地区崛起，其中不乏南下川商经过了多年奋斗而建立起来的川籍品牌。综观如今华南的经济发展，川籍企业在其中占据了十分重要的位置，为华南地区的经济发展带来了不可忽视的推动力量。

如今的川籍粤企，除了海普瑞、创维等知名企业外，更有正在飞速发展的固生堂，也有代表着四川农业的"龙链比特猪"。越来越多的川商品牌在华南地区崛起，成了一道亮丽的风景线。

从西医到中医，骨子里的民族精神

在创办固生堂之前，涂志亮凭借着西医连锁体验成了华南地区内小有名气的川籍企业家。一次偶然的机会让他接触到了中医的博大精深，于是将创业方向从西医转向了中医，并且多年坚持在中医领域发展，创建出川籍企业在华南乃至于全国的优质品牌。

让涂志亮真正踏入中医领域的是家庭所给予的支持与信任。由于涂志亮在工作中长期处于高压状态，身体每况愈下。在服用了岳父开的药以后，他的身体指标逐渐恢复了正常。在这一次亲身经历中，涂志亮觉得中医一直都被低估，因而他希望通过自己的努力将中医带到更宽广的舞台，让更多的人能够了解中医的妙处。

因而，涂志亮创办了固生堂，致力于用中医服务顾客，打响中医品牌。然而，小众行业创业并不如涂志亮所想的那么简单，在固生堂开始运营的时候，其转化率远远不如涂志亮的预期。涂志亮在无数次优化与思考中发现，传统的会员服务加上实体会所承接模式运营并不适合中医会所的发展。所以，涂志亮制定了相应的核心战略——口碑传播。

根据涂志亮所说，中医行业在多年来一直经久不衰是因为其调理效果显著，而且覆盖面广，因而方才有口口传承。而建立固生堂是为了传播中医价值，其发展战略同样需要契合中医的发展模式，通过口碑传播建立一个患者、医生乃至于市场均认可的中医品牌。

对于固生堂的发展而言，其成功的公式无非便是坚持加上机遇。2017年起，涂志亮坚持以口碑传播的方式经营固生堂，而这时候国家开始全面实施中医药法，明确基层办中医并不受到区域卫生规划的限制，且对中医行业提出"连锁化、集团化、规模化、品牌化以及国际化"的建设要求，中医行业一夜间在国内全面崛起。

而作为中医行业的"老前辈",固生堂更是在政策的春风下扬鞭奋马,稳步发展。直至今日,固生堂在全国开设了将近 50 家门店,其经营范围覆盖 13 座城市,仅广州当地便有十多家固生堂门店。

在旁人看来,涂志亮的成功源自时代与政策,然而对于涂志亮而言,真正的成功并不是收益的多少,而是品牌的传播。截至目前,固生堂已经获得了 4 轮融资,创造了 17 亿元的中医领域融资记录。

也正因为如此,涂志亮得以在原有的基础上融入互联网技术,让传统中医与互联网结合。如今固生堂已经实现了数据化与智能化,并且获得了互联网医院牌照,筹备推出互联网医疗平台,让每一个人都能够通过互联网去问诊、求诊。

志存高远,永不止步,这是涂志亮在创业过程中一直坚持的信仰,他希望中医能够走向国际,同样也希望固生堂能够成为国内第一中医品牌。在通往梦想的路上,涂志亮并不急躁,他知道只有稳固的基础才能够支撑梦想的重量。

农业科技化:传统与科技的结合

如果说,在华南地区的川籍企业都有着故乡的影子,那么"龙链比特猪"可以说是四川农业到广东地区发展的缩影,其将四川农业品牌带到了华南,将四川省古往今来的农业发展精髓带到了广东,促进了两省间无缝合作。

如果说,四川农业的名号响彻全国,那么川猪的养殖定然是国家猪肉供应的主要源头。据了解,四川当地每年养殖川猪 7000 万头,占据全国猪肉供应的 10%。也就是说,目前全国每十头猪里便有一头是川猪，因而在多年前便有了"川猪安天下"的说法。

物质丰盛的今天，川猪更是成了四川最具有特色的产品，一直是四川农村经济以及国家肉类市场发展的重要支撑。而随着川商南下的脚步，川猪的养殖与经营也来到了华南地区，并且在当地成了一股不可忽视的品牌力量。

2018 年，深圳龙链新零售有限公司董事长夏可出席"2018 川籍在粤企业家座谈会"，作了题为《川猪安天下——比特猪无人零售智能终端驱动"川猪品牌化"建设》的专题汇报，从而获得了受邀莅临广东的四川省委书记彭清华、四川省人大副主席包惠等领导的关注与肯定。

据了解，龙链集团作为新时代最具有竞争力的川籍企业，将"川猪"与科技相结合，在进一步开拓现代化绿色生态养殖的同时，亦致力于将区块链、大数据等技术融入川猪养殖的过程当中，形成了具有消费者数据的川猪养殖技术，并且与当地政府共享数据，进一步加强生产效率，构建出产供销一体化的川猪产业。

事实上，随着区块链、大数据以及人工智能等一系列的高新科技发展，目前龙链集团已进一步对川猪的养殖进行了优化，并且凭借着先进的技术方案打破了过去四川农业发展的逻辑，发明了全球第一台被称为川猪行业银联的"区块链无人售货终端"，带领着川猪行业走进了无人零售领域。

作为龙链集团的董事长，夏可始终将川地的传统行业看作是企业发展的主营，不断通过科技手段去优化传统农业。这名年纪轻轻的川商此时正紧抓着故乡多年来的传承力量，在新的时代中开辟新的道路，创建新的品牌。

对龙链集团董事长夏可而言，农业发展是他们一路走来的起点，如今时代在飞速发展，作为四川的一份子有义务带领着行业一路往前，将四川千年来引以为傲的农产品打造成品牌，并不断成长。

　　不管是涂志亮还是夏可，抑或是其他在华南奋斗的川商，他们每一个人怀揣着不同的梦想，在各自的道路上不断前行。然而我们发现，这是一条殊途同归的道路，艰苦奋斗数十载，到最后各行业的川商品牌出现在大众的视野中，曾经为了各自理想奔波的年轻人最终汇聚到了这里，一同为川商品牌的崛起而努力。

　　如今，无数川籍企业在华南地区崛起，新一代的川商也开始崭露头角，他们大多如涂志亮、夏可一样，勤奋务实，在竞争激烈的市场中打拼出自己的品牌，一步一个脚印地让川籍企业更好地屹立在华南地区，成为一道亮丽的风景线。

第13章：川粤两地的
"商界常青树"

··

　　20 世纪 80 年代末，改革开放所带来的改变逐渐
在华南地区显现，而作为华南地区最大的异地商业
团体，川商极力带动着华南与四川两地的经济发展，
成就了川、粤两地的紧密合作。

　　在其中有这么一位商人，他凭借着自己的智慧与
坚韧在华南地区开辟出自己的事业，并且凭借着多年
来经营的成果，联通了四川与广东地区的商业发展，
成了当代两地间最有名气的"商界常青树"之一。

从"北佬"到"万元户",实现最年轻的逆袭

在广东有那么一句老话:宁欺白须公,莫欺少年穷。尤其是在 20 世纪 80 年代末经济飞速发展的时代中,许多有志青年凭借着自己的努力成就了自己的事业,实现了人生的逆袭。

16 岁只身来到深圳的寇学文同样带着逆袭的梦想南下,然而当他下了火车以后,看到四周错落有致的高楼大厦,内心产生了强烈的迷茫。

由于年纪尚轻,缺乏专业技术与学历的他在深圳甚至没有办法找到一份工作,后来寇学文不得不在亲戚介绍下来到了一家港资企业当学徒。在几个月后寇学文开始逐渐明白,身为学徒的自己其实说到底就是为领导端茶递水、打扫卫生,根本没有人会抬头看他一眼,甚至有人轻蔑地叫他"北佬"。

当时的寇学文一心想着通过奋斗改变自己的人生,并没有理会身边人的冷嘲热讽,他的脑子里满满的都是关于"万元户"的目标。然而,在当时要实现这个目标并不是一件容易的事情,就当时的经济水平而言,寇学文当学徒每天只有 4 块钱的工钱,加班费一小时只有 8 毛钱。为了积累更多的财富,他在不加班的时候会到街上收废品、卖水果,通过各种机会到其他企业兼职。

但是很快寇学文就发现,哪怕自己再努力,在没有一技之长的情况下,要实现"万元户"的目标基本不可行。因而,寇学文将目光落在厂里的技术师傅身上,三天两头跟他们喝酒聊家常,并且一有时间就到厂房苦练技术,在仅仅几个月的时间里,寇学文就从学徒变成了技术工人,并且在 19 岁那年成了当时模具行业领头羊"皇冠"中最年轻的管理人员。

而当时正好是深圳发展最迅速的 90 年代,处处蕴含着商机,寇学

文自然不会放过创业机会。幸运的是，寇学文身上有一种川商独有的敢为天下先的精神，因而当时已经成了管理人员的寇学文毅然辞掉工作，并且通过技术入股的方式加入朋友的模具公司，很快实现了自己最初的梦想——成为"万元户"。

每一个人都必须经历这么一段从一无所有到小有所成的时光，对于寇学文来说，南下的前三年是他最艰辛的三年，然而在这三年间他飞速地成长，学到了许多受益终身的知识与经验，为日后的事业发展奠定了稳固的基础。

人生低谷，意气风发遇险境

有了第一笔投资以后，意气风发的寇学文决定自己创业。1992年，寇学文带着身边七八个朋友一起创业。在偏远的农村租了一套农房，购买了几台设备后，他的第一家公司——"文化昌工艺品有限公司"正式成立。

在小小的公司里，寇学文的第一笔订单是为当时一样刚起步的华为做招牌。据寇学文回想当时的情景，华为的老板任正非亲自洽谈这笔业务，两人经过半小时的讨价还价后最终以9500元成交了这笔订单。

虽然有了第一笔订单，然而寇学文很清楚地知道自己的设备根本没有办法实现华为的要求。只是对于寇学文而言，放弃并不符合他的性格，而且在他身边有几个一起努力的好兄弟，因此在没有设备的情况下，他们就手动喷漆，没有叉车便自己扛货，最终在规定的时间里，寇学文交出了自己的成绩，让任正非大为满意。

实际上，公司的规模太小让他们吃尽了苦头，没有优质的订单使寇学文终日疲于奔命，因而寇学文想出了一个办法：与大企业合作，以外包的形式帮他们生产产品。通过这样的方式，寇学文拿下了老东家"皇冠"的订单，在随后的两年里寇学文从中获得了每月平均十多万的收入。在财富的激增下，寇学文于 1995 年正式创立了其正集团。

对于寇学文而言，年少成名是他自信心的来源，但也正因为过度自信，1998 年寇学文投资失利，生活一夜间陷入了低谷。当时，VCD 红遍大江南北，而寇学文抓住了这次机遇赚了一大笔资金，但很快 VCD 的热潮退去，其正集团面临转型。当时，电子宠物开始流行，有了在 VCD 上赚快钱的经验后，寇学文大胆地将所有的身家都投资电子宠物。然而，产品出来后，电子宠物的价格已经从几百块下降到十多块，寇学文也因此亏了 400 多万，血本无归。

从意气风发的少年到如今生意失败的失意者，寇学文经历了一场如梦一般的商场经历，这对于他的人生而言是一个重要的转折点。当时的他沮丧失落，然而他并不知道正是这一次失败让他重新涅槃重生，并且以更加成熟稳健的姿态成了川、粤两地的知名企业家，成就了属于自己的传说。

当时的寇学文面对着突如其来的挫折，满心失落。他不知道在深圳是否还有属于他的一席之地。这是每一个南下的川商都曾经历过的挫折，每个人成长的道路都是磕磕碰碰，没有人能够一路狂奔，但这也许就是追梦的魅力所在。

名震川、粤，成就两地佳话

幸运的是，在失败面前寇学文并没有失去信心，并且这次失败让他明白要取得成功就必须要悉心经营。因而，他回到老家开始对自己的商业道路进行复盘。1999年，身无分文的他向父亲借来了10万块再次回到深圳，这一次寇学文的选择明显更加成熟，他选择了从老本行开始重整创业大军。

没有客源也没有订单的他找到了曾经的合作伙伴——其真集团，并且想到了一个"借鸡下蛋"的方法：免费为他们跑业务，而其真集团需要将他们来不及做完的订单交给寇学文去做。

通过这种双赢的方式，寇学文用了短短几年的时间重新建立起了其正集团，并买下了两百多台设备。寇学文在几年后中止了与其真集团的合作，全力推广自己的公司。如今，其正集团拥有国内数一数二的厂房，并且在地产、金融等多个领域获得了良好的发展，成了国内顶尖的高科技企业。

在华南的成功并没有让寇学文满足，他不仅仅希望自己能够在华南开辟出自己的天地，同时也希望能够以自己的力量去回馈家乡，建立起川、粤之间的连接。2012年，寇学文在深圳市四川商会换届选举大会上当选新任会长，在上任致辞中寇学文说："只有扎根深圳，才能更深更透地回望四川。"

事实上，寇学文也是这样做的。多年来，他始终致力于开辟广东与四川的通商渠道，并且以深圳市四川商会为基础帮助更多的川商发展。2018年寇学文组织商会成员返乡考察，并且大力推动西部的石材产业，使西南地区成了家乡经济发展的先行者。

来自天府之国的"新深商"，始终高喊着"川商扎起""川商雄起""川商崛起"的口号，以实际行动连接着两地的合作，将其在两地所拥有的资源重整合并，形成了一个"支持—发展—反馈"的优质闭环机制。

对于川商而言，寇学文的奋斗史无疑是一个励志故事，然而更让人感动的是其对家乡的回馈以及对于事业的执着，这让他成了在两地均有名望的商人，成了后辈学习的榜样。也许在未来会有更多的精英人才成为两地新生代的代表，但我们始终无法忘记寇学文在这个时代给我们带来的信仰。

第14章：华南川商中的巾帼英雄

....

作为华南川商群体的半边天，女川商在过去数十年里同样展现出了川人独特的坚韧与智慧，其在川商团体的发展中占据着重要的位置。尤其是在产业结构优化以及科技革命的当下，女性商人的细腻与专注同样契合这个时代的发展方向，因而一批代表新时代女性骄傲的女川商成了这个时代的重要推进者之一。

现任阳光医院集团董事长王晓泸就很好地诠释了华南女川商的影响力。她巾帼不让须眉，既是一位贤妻良母，又是一名坚决果敢的女商人。

从打工到创业：始终不忘白衣天使梦

与其他华南川商不同的是，王晓泸并不是主动南下淘金的，相反她在南下之前根本没有想过自己会去深圳发展。然而，一次工作的调动让她在深圳扎了根，并且在当地建立起了属于自己的事业。

童年时的王晓泸跟大部分孩子一样，希望长大以后能够成为医生、律师等社会精英，而唯一不同的是王晓泸内心的医生梦一直坚持至今。作为泸州市土生土长的女孩，王晓泸在参加完第一次高考以后做出了一个惊人的决定——退掉录取通知书，执意重考医学院，追求成为一名医生的梦想。

1992 年，王晓泸进入了一家外资眼科机构工作，对她而言这的确是一份十分合适的工作，很快她被机构派往深圳发展，并且负责管理当地的新医疗机构。那是 1993 年，这一年王晓泸的人生改变了，她的梦想即将在深圳这个新生的城市里发酵、沉淀，随即一飞冲天。

只是初到深圳的王晓泸并没有想象中过得那么平顺，一方面是由于地域文化的差异，导致王晓泸的生活方式彻底改变；另一方面是她的工作性质所造成的：从一个眼科医生走上管理岗位，她所经历的挑战与挫折并不比创业少，尤其是在缺少管理经验的情况下，王晓泸不得不在兼顾工作的同时学习管理知识，终日分身乏术。

然而，困难并没有击倒王晓泸，反而在几年的拼搏中取得了优异的成绩。只是当她的事业刚刚出了成绩时，王晓泸却要面临着另一个来自命运的挑战：1997 年末她成了失业大军中的一员。

离开了原来的医院，王晓泸走到了命运的岔路口。是回去公立医院，过上小富即安的生活？还是到民营医院里挑战高薪，寻找自我价值？事实上当时已到中年的王晓泸在选择中陷入了两难。最终，她并没有踏上两条路中的任意一条，而是咬了咬牙选择创业——这也许是一个从小梦想成为白衣天使的她最好的价值体现。

1998年8月，在经过了无数次努力与尝试以后，王晓泸终于在一幢小小的写字楼里创办了明康门诊部，"明康"寓意着为"光明与健康"。开业当天，恰好是深圳经济特区成立18周年的纪念日，对于这位已经在深圳奋斗了5年的女川商而言，选择这一天开业有着十分重要的意义。

几经波折，创办阳光集团

没有任何创业是一帆风顺的，如果有的话，那肯定不是成功的创业。不管是川商还是粤商，乃至于全球各地的商人，他们事业的成功无一不是迎着风险与困难一步步走来的，没有一个人的创业路是平坦的，因为平坦的创业路代表着不愿冒险的畏难心态，这并不能帮助我们通往成功的彼岸。

王晓泸的创业路也是一样，她在建立起明康门诊以后经历了无数的困难与挫折，然而王晓泸凭借着自己的专业与坚持将眼前的困难统统克服。跟其他商人不同的是，王晓泸并没有过分在意收益，反而更重视如何帮助更多的患者重拾健康，她开始在学校设立咨询处，并且与本体媒体合作，定期举办近视矫正科普讲座……正是这些公益活动让这所名不见经传的门诊部打开了局面，明康门诊成了当地颇有名气的眼科门诊。

经过两年的奋斗，经历了无数困难与挫折的明康门诊在政府主管部门的批准下升级为深圳阳光医院，作为当地以眼科为特色的小综合大专科医院，其精准的输出与导向使医院很快发展了起来。几年间，王晓泸在华南地区开办了 6 家阳光眼科连锁医院，而且各连锁医院经营良好，王晓泸仿佛看到了那条通往成功的光明大道就在自己眼前。

当事业发展起来以后，王晓泸的生活同样也变得奔忙起来，如同空中飞人一般的她逐渐忽略了自己的家庭。直到她的母亲不幸中风，她才察觉年迈的老人与年幼的子女始终是自己最难以割舍的，面对着生活的无常，这个一路走来杀伐决断坚不可摧的女强人终究选择了妥协——王晓泸决定放弃正在发展的连锁眼科，中止了所有扩张计划，将大部分的时间都留给中风的母亲以及年幼的女儿。

对于王晓泸而言，从潜力无限的扩张计划到如今收缩布局蜗居深圳，隔开两者的是浓浓的亲情。面对父母与子女的需要，王晓泸放弃了本应属于自己的事业拓展计划，选择了以亲情为主的生活方式。正如她在一次采访中谈及这件事情时说的："与人为善和责任心，是我的两大准则。"回归家庭，是作为一个女儿的孝心，同时也是身为一个母亲的责任。

然而，王晓泸心中却始终有着一个创办连锁高端医院的梦想，相信经过了长时间的发酵与沉淀，多年后这个梦想将成为推动王晓泸以及其阳光集团发展的最大原动力。

时代的工匠：巾帼不让须眉

对于追求卓越的川商而言，创业就像是一颗埋藏在他们心中的种子，随着时间的浇灌慢慢长大，最终促进他们走向更大的舞台。而选择回归家庭的王晓泸也一样，她虽然安于家庭生活，但内心却始终惦记着当年的梦想。

时光荏苒，随着父母的离去以及子女的成长，王晓泸内心的梦想再次迸发，在子女的支持下，王晓泸再次踏上了创业的道路。而这一次，她有经验、有基础，一个连锁高端医院的梦想时刻准备起飞。

重新回到商场的王晓泸思考自己的现实处境，已经好几年没有从商的她如今实在难以驾驭更多的综合性医院，因而她选择了为企业做减法，专注医学美容领域。2018 年，阳光集团完成了战略的调整，踏上了转型升级的新征程。

虽然眼科出身的王晓泸与医学美容并没有太大的关联，然而过去多年来磨炼的精益求精的严谨精神却成了她创业路上的最大支持。

阳光集团很快便进入了飞速发展的阶段，并且成了当地不可忽视的医美力量。

恰逢"一带一路"倡议的提出，王晓泸的国际医学梦很快就得到了实现。2017 年，在多方筹备下，首届紫亚兰国际抗衰老医学美容大会在深圳盛大召开。

在大会上，王晓泸多次强调："我们希望通过这一系列的活动扩大'紫亚兰'的行业辐射圈，努力把深圳打造成亚太地区最重要的医美抗衰老学术交流主场，进而链接抗衰老医美产业的机构和精英，从而链接世界与未来。"

此时，站在会场中央的王晓泸俨然成了一名成功的商人，她带着四川的根，在这片飞速发展的华南土地上不断进步。

在旁人看来，王晓泸也许是一个不折不挠的商界女强人，然而在她心中却始终有着一片柔软的地方。近年来，王晓泸除了经营发展她的事业以外，更积极参与慈善活动，希望能够帮助更多的人提高生活水平，过上更好的日子，看着她事业的成功以及投身慈善事业的行动，我们的脑海中再次浮现了那句话："与人为善和责任心，是我的两大准则。"

在华南地区多年的发展中，如王晓泸一般在商场上披荆斩棘的巾帼英雄比比皆是，她们以女性的细腻与专注征服了这个时代，同样也以女儿之身为华南川商团体的发展奉献力量。

第二部分

华南川商的发展内核

第15章：上善若水，川流四海

回望川商千年发展，每一代川商的身上都烙印着突破自我的精神图腾，他们从走出盆地到走出国门，无一不在展示着自己对未知的征服欲以及对机遇的把握力。他们的足迹均遍布四海，从古代蜀地与印度、缅甸、云南等地的交易到如今川商走遍全球，我们不难发现川商的每一次发展都建立在开源与突破的基础上。

华南川商的南下足迹

如今川商遍布华南、北京、上海等地，其渗透性比起其他城市的商人有过之而无不及。也正是因此，人们将川商比喻成水，川流四海。在这种水文化内涵的推动下，川商成功地走出了盆地，在华南以及全国各地立住了脚，建立起无数让人津津乐道的商业帝国。

＊通往未来的道路：80年代的四川

如果没有川商不断突破的精神追求，也许他们会错过20世纪80年代末的南下浪潮。众所周知，四川作为内陆一个大省，其农业资源使其过上了自给自足的生活，我们不妨回到80年代的四川，了解当地百姓的时光。

重庆码头上，数百名光着膀子的人安坐藤椅上，等待着码头迎来一艘客船，也等待着客船的老板聘请他们帮忙卸货。这是80年代重庆最常见的一幕，每天天没亮就有无数男子前往码头等待工作，偶尔三五知己在没活的时候聊聊家常，日子虽苦但尚能自给自足。

成都的某家藤椅厂里，十数位女工编织着藤椅，藤条随着手指翻飞。她们有的看上去正值妙龄，而有的则身体发福，背上更是背着孩子，偶尔会因为孩子突如其来的哭闹不得不停下手中的工作。

老人大多都经历过战乱，都有一门手艺傍身。在四川的街头，我们总能够看到这样的老人，他们退休以后也不闲着，有的拿起剃刀，成了一名剃头匠；有的抄起了炒锅，在路边开了一个小摊子……

这就是80年代的四川，过着自给自足的日子：藤椅、剃头、小吃……这些产品与服务内容大多围绕着省内人们的刚需。四川百姓的生活虽然不丰富多彩，但相比起其他贫困落后地区也算是衣食不愁。

80 年代末，改革开放的号角唤醒了蜀地的商人，他们在改革开放中看到了发展的希望，毅然抛下了悠闲自得的小日子走出盆地踏上了南下的道路……

＊川流不息的川商，海纳百川的深圳

80 年代末，基本上各地的有志之士都南下发展，当时作为改革开放前沿阵地的广东在全国人民看来便是一个充满机遇的"淘金地"。

大部分南下的川商不约而同地选择深圳这个城市发展。当时广东各地均有着自己的优势：广州作为广东省会，其传统制造业、海运行业以及贸易行业均有着不错的发展；佛山、东莞、惠州等地在纺织业、工艺品制造业等方面也有着十分完善的体制与商业模式。

而深圳作为第一个经济特区，它无疑更是一个充满潜力的"淘金之地"，一时间"深漂一族"成了当时深圳街头最常见的人群。

短短几年间深圳有超过一半人口为外来人口。深圳作为一个包容型的城市，一直打着"来了就是深圳人"的城市口号，海纳百川，因而如今的深圳非户籍居民来自五湖四海，其移民文化与包容精神得到了充分的体现。

对于华南地区的川商而言，深圳的包容正好符合了他们川流不息的精神信仰，当一批批川商南下来到深圳时，所有的人都带着对未来的憧憬与对美好的期盼不断奋斗着。而在往后的数十年中，我们也可以看到川商对深圳乃至广东的发展贡献出了不可忽视的力量。作为外来务工、从商人群中最大的群体，川商以自己的奋斗以及与生俱来的坚韧在深圳拼搏出自己的一番天地。

如今，我们看到的是无数川商经过了多年奋斗在深圳开辟出了自己的一席之地。这无数个励志故事的背后，是 40 年前那批如水流一般渗透四海的川商，以及那个海纳百川喜迎各地人才的"小渔村"深圳。

川商精神的渗透力

80 年代末 90 年代初，无数的川商纷纷南下淘金，虽说当时深圳、广州等地对于外来务工人员并不排斥，然而在广东人生地不熟的川商们却没少遭遇挫折与磨难。对于他们而言，真正让他们能够在华南立足的正是骨子里烙印着的川商精神。

＊坚韧不拔：举步维艰仍跋涉

曾经在网上我看过这么一个帖子，总结对各地南下外来工的印象。其中，人们对于川商的印象大多都是吃苦耐劳、自强不息。不管是务工者还是创业者，每一个南下的川商进入华南地区的这些发展迅速的城市，难免会承受着巨大的生活压力以及心理压力。

尤其是对于许多在当时仅有少量盘缠的川商而言，在长途跋涉后来到这么一个经济发达的城市，对未来的迷茫以及未知难免让他们感到不安。据了解，在 90 年代初期南下发展热潮后的几年，全国各地再次爆发了回巢热，很多人在竞争激烈的华南地区拼搏了数年后，由于看不到希望而选择回乡。

　　然而，对于第一批南下的川商而言，前路虽然困难，可是他们始终坚信只要坚持下去就一定能够找到出路。正是这种坚韧不拔的信念，他们有的从人潮之中脱颖而出，成了当地颇有名气的企业家；有的始终不愿放弃自己的初心，在努力与奋斗中收获了自己的成果，成了企业或工厂中不可缺失的一员。

　　在华南川商群体的发展过程中，川商始终以不屈的姿态去面对所有的困难与挫折。跟所有第一批南下的川商一样，李群（化名）在90年代初来到了深圳。当时科技产业正值起步阶段，因而务农出身的李群绞尽脑汁也没有办法融入这座城市。

　　10年间，李群经历过工厂辞退、作坊破产等现实的打击，甚至好几次遭遇食不果腹的难题。90年代，李群的家中尚有几亩田地，若是离开深圳回乡，李群在家乡也能够有不错的发展。然而，李群却从没有想过放弃在深圳打拼的念头，对于他来说，在深圳立足是他多年来的目标，既然已奋斗了多年便定然没有放弃的道理。

　　如今，李群在深圳创立了一家国际货运公司，其坚韧不拔的精神同样影响着公司里的每一个人，坚韧自强的精神成了公司最有价值的文化。

　　在华南川商发展的过程中，这样的故事比比皆是。而我们在李群身上所窥见的坚韧与毅力，便是川商精神的体现。从来没有什么困难能够打倒坚韧，只要心怀希望我们终将能够踏着困难一路攀登。

＊勤奋务实：天道酬勤不言弃

　　从商业发展的角度而言，华南川商的成功可以说是一次不大不小的"川商奇迹"。尤其是在四川与华南两地产业结构完全不同的情况下，无数从小投身农业的川商能够在以高新企业为主的深圳等地开辟出自己的立足之地，他们所遭受到的挫折与困难显然易见。

那么，是什么让他们能够从一个农业从业者转变成为高新科技企业的创始人，是什么让从小务农的他们成为新兴行业的佼佼者？也许是他们天赋异禀，也许是他们敏锐好学，但不管是什么原因，他们在所付出的努力与自律是其中不可忽视的一环。

勤奋务实是川商精神中最重要的一环。在川商南下的初期，他们跟所有南下的普通人一样，对于深圳、广州这些经济发展迅速的城市而言，他们的技能并不能很好地契合当地的需要。然而，在日复一日的踏实工作与学习中，他们以惊人的速度成长着，甚至成了行业内首屈一指的专家。

《川商》杂志中有那么一篇采访让我记忆颇深，其中被采访者是一名南下深圳的川商，回想起过去的那些岁月，他直言："要在深圳立足，聪明是不够的，因为所有留在深圳的人都是聪明人，真正想要脱颖而出，我们更需要勤奋，通过比别人多一倍的努力去学习、去进取。说实话，在刚到深圳的那一年里，我学会的东西比起大学四年都多，所以我在现在才能够走得更远。"

这也是川商为什么从来都不怕落后于人的原因，因为在我们的身上有一股不甘人后的精神，只要心里有目标那么我们就会不顾一切地前行。在网上我见过这么一句话："每天多学一点点，很快你就会知道人与人之间的差距会有多大。"这也是勤奋务实的意义，我们以自己的努力一步步拉近彼此之间的距离，同时也通过这种勤奋不断提升自我，让时间去见证我们实实在在的成长。

俗话说"一勤天下无难事"，在第一批华南川商的努力下，如今华南各地都建立起了自己的四川商会，同时在商会中的每一位小有成就的企业家都会将这种勤奋的态度传达给每一位新的川商，让新一代川商从他们的言行举止中明白：聪明也许会让你过得好一点，然而只有勤奋与务实才能够让人成功。

＊团结合作：川商团体立华南

千年以来，川商的名号虽然一直浮浮沉沉，但始终屹立在群众的眼中。经历过了战火的摧残，也经历过经济的崩坍，然而不管多么的困难，提起川商人们总能够想起那些豪迈大气的影子。而其中不为人知的原因是：川商永远不会是特指某一个人。

在川商的发展历程中，我们可以看到很多功成名就的商人，如古代的寡妇清、王炽以及现代的卢作孚、刘汉元等，然而真正让我们记住的不仅仅是他们的名字，还有他们所代表的川商团队。川商大多都铭记自己的出身与故土，回望当代有名的川商，他们无一不是各地川商商会的一员，因为他们知道，自己的成绩离不开其他川商的帮助，而当他们名成利就以后，同样也希望能够以自己的力量去帮助其他的人。

南下的川商也一样，刚到两广地区发展的他们很难融入当地。第一批来到深圳、广州等地的川商一开始日子过得并不好。因而当时许多川商相互抱团，他们或蜗居在一间小小的出租屋里，或许一同在某一个工厂奋发努力，最终许多人在彼此的帮助下走出了困境，开辟了自己的一席之地。

在经历了南下的困难后，那一批南下川商明白了合作的重要性，也明白了资源对于他们这些孤身在异地打拼的人而言有多么重要。因而在四川省总商会的帮助下，华南川商自发在各地组成了属于四川人的四川商会，并且秉承着"资源共享"的信念，各地川商在商会汇总起惊人的力量，成了当地经济发展的一股清流。

华南的川商总会俨然成了当地不可或缺的商业组织。在地方经济需要发展的时候，他们团结一致奉献出自己的一分力量；在家乡故土号召回巢发展的时候，他们义不容辞为家乡的发展尽绵薄之力；在经济迎来寒冬的时候，他们互相取暖度过一个又一个的困难。

个人的力量永远都是渺小的，而汇聚成河的力量却是伟大的。从一无所有的南下到如今足以影响经济发展的企业家，这批南下川商迎来了自己事业的春天，同样也将川商的名号带到了这个时代，传承了先辈的理想。

合作共赢，是这个时代的趋势，同时也是一名企业家必须秉承的精神。多少年来，这批走出蜀地的有志之士，他们始终并肩同行，一起走过风雨走过寒冬；多少年来，他们始终抱团取暖，强强联手抵抗时代的洪流；多少年来，风雨不曾改变他们的初衷，他们在磨炼中成长，在失望中互勉。

正是在彼此的帮助下，这批开辟新时代的华南川商朝着彼岸一路奋进，这是当代企业家不可或缺的精神核心，同时也是川商一路走来的动力源泉。

第16章：打破盆地界限，广交四海好友

从过去开辟蜀道到如今的四海为家，川商始终保持着一种打破牢笼的冲劲。自然的安排没有让他们安于盆地，而地域的界限同样没有让他们故步自封。过去数十年间，无数川商走出了盆地，开启了他们传奇人生的序幕……

杜绝闭门造车，打破盆地界限

早在汉朝，四川便是我国重要的经济发展基地，然而近几十年，随着改革开放，华南地区的经济水平飞速上涨，深圳、广州等城市的崛起。许多四川企业，在发展的过程中面临着行业架构改革的影响，逐渐转型为高新技术企业。许多本土川商，打破了盆地界限，走向华南，带领着企业在中国科技发展最先进的地区开始新的征程。

*猛龙过江：杜绝闭门造车

早在 21 世纪初，华南地区科技发展实现了飞跃性的突破。在华南科技氛围日渐浓郁的情况下，最大彩电生产商——绵阳市长虹集团投资 4 亿的研发基地于 2006 年 10 月落户深圳。

随着长虹落地深圳，国内四家彩电生产商（长虹、TCL、康佳、创维）悉数落户深圳。在研发基地落户深圳后，长虹聘请了 TCL 前总裁万明坚开拓旗下的手机业务，深圳长虹研发基地除了进一步深化彩电的研发以外，更为长虹手机的发展提供不可或缺的配套研发。

其实，早在几年前长虹就已经在广东中山设立了一个彩电生产基地，其产能重心逐渐开始进行迁移。长虹的研发基地落户深圳意味着长虹的生产、研发等业务都将迁移至华南地区。

对于长虹而言，这无疑是一次"改革性"的发展，在过去的数十年里，长虹一直稳居国内彩电销售量的前几名，然而就国外业务而言，相比 TCL、康佳等品牌，长虹一直都无法脱颖而出。尤其是在受到美国 APEX 公司的巨额债务影响后，长虹的出口业务陷入瓶颈，出口额的下降让长虹的净利润大幅下降。

落户深圳，不仅仅能够以国内最高端的科技武装自身核心业务，同时也可以进一步加强自身的出口能力：在生产基地落户中山、研发基地落户深圳的布局下，将深圳乃至于香港打造成长虹的出口基地，生产契合国外消费者需求的产品，而绵阳旧部则能够成为面向全国的彩电供应基地。

通过落户华南，长虹在十多年前完成了一次"改革性"的创新，将产品服务国际化，建立起了新的战略发展方向。在这段时间里，无数川商企业以长虹马首是瞻，纷纷将事业部、研发中心等落户华南，成就了一波四川本土企业跨越地域南下的佳话，其对于华南的经济发展有着很大的推进作用，同时也形成了第二批次的川商南下热潮。

* 跨越内陆的蓝光：一帆风顺的秘密

1990 年成立的蓝光集团可谓是当代川商团体中的老资历了，随着时代的发展蓝光集团一路上可谓是披荆斩棘，在短短的 10 年时间里跃居四川地产一线企业。

真正让蓝光集团声名大噪的除了飞速发展以外，2017 年跨越山海落户广州更是成了商业圈里人们津津乐道的谈资。

作为四川房产行业中最有名的一员，蓝光集团在发展初期可谓是一鸣惊人。它不断积累资源，终于在成立 5 年后的 1995 年完成了其第一个地产项目——蓝光大厦。要知道，并非任何一个企业都有足够的资金去完成这种高起点的发展，蓝光大厦落成，揭开了蓝光高开高走的发展轨迹。

2004 年，蓝光地产成立 14 年，期间成功开发了商业项目 7 个，年销售额超 10 个亿，随后，其将业务范围拓展至住宅市场，御府花都项目正式落地。

21 世纪的开头 10 年，蓝光地产的发展脚步势如破竹，非但成就了商业、住宅"双发展"，同时也从当初的四川知名房企变成了影响西部发展的龙头企业。

然而，要细数蓝光地产在发展中最大的突破，还要数 2016 年的业务拓展，蓝光将四川房企的旗帜插到了华南地区，并且将广州变作了其在华南地区发展的第一个基地。2016 年，蓝光集团击败了万科、奥园等房企，拿下了"通大旭日园"的经营权，并且在一年时间里将该楼盘变身为"蓝光林肯公园"，重新规划了户型以及售楼部。一年后，蓝光林肯公园项目正式落地，标志着蓝光集团正式入驻华南地区。

楼盘开售后，蓝光集团立即加速实现其全国布局，除了广州以外，更是在佛山、茂名、惠州等地寻求项目合作，进展速度之快让所有同行都为之惊讶——单单 2018 年 8 月，蓝光集团便在茂名拿下了 7 块土地使用权。

如今，已经完成上市的蓝光集团非但成了全国知名的房企，同时在医药行业也逐渐有所发展。以商业房地产出身的蓝光集团在 30 年的发展中始终保持着跃进的势头，以"人居蓝光＋生命蓝光"为双擎驱动的战略顶层设计更是让它在地产以及医药行业中始终保持着强大的竞争力。

真正让蓝光集团的发展"一帆风顺"的是其对形势的审判与正确的战略抉择：从四川到西部，从西部到全国，最终成了国内屈指一数的房产企业，并且在生物医药范畴内也有着自己的贡献。

也许，蓝光集团真正的优势就是在于它敢于打破现状的勇气与锐利的投资目光，而华南地区的发展也成了其发展迅速的最大推进力。这是一家让人敬佩的企业，没有人知道 5 年后，它将会发展成什么样子，但可以肯定的是，落地华南后，蓝光集团将会如虎添翼，将川派房企带到华南的每一个角落，扎根于这片经济发展最快的土地之中。

千年文化，猛龙过江

先辈开通蜀道迎来川商团体第一次发展以后，"走出去"成了川商发展的原动力。而随着交通的发展，商贸逐渐实现一体化，川商得以加强对华南的投资与交流，为华南的发展添砖加瓦。

近年来，各行各业的川商均逐渐渗透至华南地区，而作为四川省千年酒文化的传承者——泸州老窖在2019年同样将发展目光落在了华南，开始了其南下发展的征程。

*走出西南，寻求更高意义

提起川酒，很多人都会想起这么一个响当当的名号——泸州老窖。作为从秦汉时期便存在的酒文化基地，泸州酒史贯穿中华两千年，而全球知名的泸州老窖更是在元朝便已经存在。

作为四川本土的酒文化先行者，泸州老窖一直有着极好的名声，凭借着其品牌口碑闻名全国，成了数一数二的美酒品牌。然而泸州老窖股份有限公司并没有安于现状，而是决意"走出去"，与华南各大企业强强联手，促成了多个项目的合作意向，将发展的脚步落在华南地区。

2019年6月，泸州老窖公司组成了考察团，前往深圳华大集团进行考察，在考察的过程中双方达成了共识，致力于建立一个新体制的实验中心，以泸州老窖为切入点开发特殊的健康服务。

在洽谈期间，华大与泸州老窖双方代表建立起了深厚的友谊，并且对双方日后的合作充满了期待。华大基因董事长汪健介绍，华大基因的目标是造福全人类，而泸州老窖的影响力是全国性的，因而两者合作能够进一步影响整个西南地区乃至于全国的健康产业。

此外，泸州老窖考察团还参观了深圳当地的健康行业领头羊企业——健康元药业集团。通过交流，双方达成了基础的合作意向，并且就泸州老窖的影响力以及健康元药业在单抗、微球以及呼吸类产品三大高端药的发展方面形成了新的合作方向。

泸州老窖作为我国酒类企业的领头羊，本可靠着千年口碑生存得不错。然而在近年来，泸州老窖一直致力于通过不同方式去帮助更多有需要的人。作为一家酒类企业，从对健康行业的关注以及南下的发展足迹可以看出，泸州老窖未来的发展目标很可能是对健康行业的投资，通过提高人们生活水平的方式回馈社会。

不得不承认的是，作为千年品牌，泸州老窖承担起了其应有的社会责任，以华南地区高新科技作为支持，以其自身的影响力作为支撑，进一步扩展自身的业务范围，建立更多旨在提升生活水平的核心业务。

＊强强联手，国粹与国际共舞

俗话说：一个好汉三个帮，泸州老窖作为四川数一数二的白酒品牌，多年来口碑响遍国内，甚至成了人所皆知的国粹。在泸州老窖考察团南下考察的过程中，不少企业对于其名声以及口碑都深表崇敬，很多华南企业在与其形成合作意向的背后，都有着将国粹带到国外的深刻愿景。

深圳本土的一家资深企业——益田集团在与泸州老窖考察团交流的过程中，始终希望与泸州老窖开展深入的合作，以企业资源作为推动力将国粹送到国外，形成中国国粹覆盖全球的美好愿景。

益田集团作为深圳本土成立 23 年的资深企业，在旅游、文化教育以新兴产业方面有着很强的实力。集团员工多达 4000 人，连续多年获得"广东房地产综合实力十强""深圳地产资信十强"等荣誉。

益田集团希望能通过与泸州老窖的合作，以泸州老窖的品牌影响力作为抓手，打造体验场景加强国粹在国外的影响力。对于这方面的业务开拓，泸州老窖作为千年品牌同样也有着宣扬国粹的想法。

泸州老窖在与多家企业的沟通中达成了多个项目的合作意向，可见其发展目光已经落在华南地区，并且希望通过华南的科技基础以及国际影响力进一步发展自身的业务范围，让更多的人能够享受来自川商的贡献。

杜绝闭门造车的发展战略，也许这就是泸州老窖千年发展的秘密，同时也是川商能够一直发展而不衰落的原因。

不骄不躁的川商文化，从本土川商到华南川商，从千年企业到小微企业，每一个来自四川的商人始终保持着流动性，感受更多的商业气息，打破盆地意识以真挚友好的姿态去拥抱每一位来自四方八面的朋友，将脚步踏遍四海。

交游广阔的川商精神

从川商的水文化内涵可以看出，川商的发展一直都具有极强的渗透力。第一批南下的川商如今虽然各有归属，有的留在华南地区发展自己的事业，也有的回到家乡安享幸福平淡的生活，但他们骨子里交游广阔的精神，将一直影响着他们的人生。

＊高朋满座：自带幽默豪爽的光环

从古至今，四川的商人大多被冠以"有情有义"的头衔，不管是对客户还是对朋友，他们均献出自己的一片心，以真挚的情感去对待每一个身边的人。如果我们仔细观察的话便发现：每一个川商都有数不清的朋友，哪怕是初来乍到，他们也能够很好地融入人群当中。

这其中靠的是什么？也许就是与生俱来的豪爽与幽默，土生土长的四川人，除了对商业有一定的觉知以外，在生活中也十分善于利用一些小小的幽默。

其实，四川人的豪爽、幽默均来自他们对生活的认识以及先辈的传承。众所周知，四川遭遇过几次极大的灾难，不得不依靠外地移民入川帮助四川渡过难关，加上四川是地震、水患的多发地区，因而在古代知识水平相对较低的情况下，豪气、义气成了帮助了四川人抱团渡过难关的法宝，而这种豪迈的性格也随之烙印在了川人的身上。

四川有着许多可通航的河流，码头众多，千年来形成了独特的码头文化，也被人们称之为茶馆文化。码头附近开设了很多茶馆，用说书、川剧等表演供各地来往的客商消磨时间，这在潜移默化中也造就了川商说话幽默风趣的文化底蕴。

四川著名艺术家李伯清老师曾经对四川人说话的方式进行过探讨，他说："四川人讲话最大的特点就是可以将无数的名次和动词改成形容词，而且极其生动鲜活，具有画面感。"再加上四川本地人有着及时行乐的性格特征，因而他们与人的交往方式往往都是轻松幽默的。

而这种风趣幽默的交谈方式帮助川商在南下收获了不错的交际成果。

＊传遍国际：四川人的交际能力

2015 年，美国媒体在评论中国人各省的性格特征时，对于四川的特征表述是：勤劳，热爱交友。从这么一个小小的新闻可以得知，四川人交游广阔不仅仅是国内同胞都知道的事情，而且在国外同样有一定的美誉。

除了许多走出国门的四川商人将这么一个良好的品质带到了国外以外，同时很多从国外而来的友人同样也能够感受到四川人的热情与善谈。尤其是在第一批川商南下以后，他们在短短的时间里建立起了自己的人脉网络，并且在合作共赢的目标下取得了一定的成就，从一无所有到高朋满座离不开他们的交际能力。

在过去几年间，越来越多的华南川商进入了人们的视野，在《川商》杂志中有那么一期采访了一个普通的川商，他叫刘醒（化名），是一家外资企业的高级管理人员，负责北美地区的技术销售以及技术维护。虽然刘醒有着专业的技术与人脉，可在接受采访的时候他经常自嘲为"小学毕业生"，那么他是怎么从一个"小学生"一步步走上外资企业的高级管理岗位的呢？秘诀就在于他的交际能力以及待人接物中的豪迈。

在 20 世纪 90 年代，刘醒来到佛山的时候，他还是一个什么都不懂的小伙子，没有一技之长的他只能够在一家陶瓷厂里当学徒。每天十多个小时的工作时间让他的交际圈子极小，因而他在当时的朋友仅限于身边的同事。

陶瓷厂里聘请了几位国外的贸易专业人员作顾问，善于交友的刘醒在短短几天内便与他们熟络了起来，成了很好的朋友。

1996 年，刘醒所在的陶瓷厂改革，厂内迎来了一波下岗潮，刘醒的名字十分不幸地出现在下岗名单里，没有了员工宿舍也没有了收入，一时间他的生活陷入了困境。为生活所迫的他不得不向国外朋友求助，而正好当时外国朋友开设了一家小作坊，打算在中国立足，因而他们聘请了刘醒，并且让他负责开发中国的市场，手把手教会他一些普通的技术。

在接下来的十几年里，刘醒凭借着他的聪慧与热情，不仅仅为朋友拉到了许多大额订单，同时也学会了许多生产线上的技术，甚至在朋友的帮助下学会了实用英语。如今，当年的小作坊成了当地颇有名气的外资企业，而刘醒也成了企业的创始人之一，成了负责北美大市场的销售总监。

谈论起自己取得的成功，刘醒告诉记者："我从来没有想过自己会有如此奇妙的机遇，对我来说一切都是水到渠成的，感谢当年我的伙伴对我的知遇之恩，也感谢身边每一个帮助过我的人，正是有了他们的帮助才有了今天的我。"

对于交游广阔的川商而言，他们的交际能力的确为他们的成长提供帮助，正如美国媒体所言，这群热爱交朋友的四川人，他们在未来的路上遇到的困难会少很多，因为他们具备凝聚人心的能力，具有与生俱来的出色的组织能力。这也许便是南下川商能成为两广地区最大的异地商会团体的原因吧。

第17章：不卑不亢，找到归属感

....

　　20 世纪 90 年代初的华南地区并不像现在我们眼中看到的如此繁荣，充满机遇的同时也存在着百业待兴的困境。许多四川年轻人南下以后，生活发生了一百八十度的大转弯，相比起家乡其乐融融的环境，他们在华南遇到了很多困难，但也找到了更多蜕变的机会。

华南川商所面临的挫折

在"来了就是深圳人"口号的影响下，无数外来人在当地的发展中逐渐找到了归属感，自此广东被称作是华南川商的第二个"家"。他们的心里有着对故乡的思念，也有着对华南的期盼，面对困难他们不放弃第二个家，面对选择他们始终不忘川商的身份，"不放弃，不忘本"正是华南川商归属感的体现。

＊初到华南的"四面楚歌"

对于第一批南下的川商而言，华南地区对他们其实并不十分友好。很多十七八岁的孩子，他们从学校直接来到了华南，面对着学生与社会人的身份转换，他们也会陷入无所适从的苦恼中。

面临着生活压力以及迷茫的未来时，川商们又该何去何从？

据了解，在南下热潮后的几年里，有将近一半的人离开华南，回到家乡，而剩余的一半人中依然有许多人为了生活奔波，过着如履薄冰的日子。尤其是当时改革开放不久，华南多地的地方政策刚刚开始实施，对于外来人口的管理十分严格，因而当时南下的基层群众并没有过上太好的日子。

长居深圳的黎平在回忆当年的奋斗史时，一个一米九的汉子竟红了眼眶。黎平来到深圳的时候方才 19 岁，高中毕业的他本在家乡有着不错的发展，到了深圳才发现，自己本以为不错的学历根本派不上用场，到处都是大专生、本科生的深圳对于高中毕业的他并没有表现出太大的兴趣。

他不得不从工厂基层做起。那时候他跟另外几个工友住在一间四人宿舍里，另外三人都已经成了家，因而一间四人宿舍里总共住了七个人。面对恶劣的生活环境，黎平无数次想放弃，然而想到自己对未来的期盼，他只能咬牙忍了下来。

对于黎平而言，生活并不是上班、吃饭、睡觉如此简单，他每天需要面对来自这个城市的"四面楚歌"。一方面，他当时没有办理居住证，因为在那个时代里，黎平每个月的工资仅有 800 元，而办理居住证需要两三百块的费用；另一方面，工厂的待遇也让他感到十分心寒：工厂要求第一个月工资必须压着，并且厂里的规章制度极多，一旦犯错了便只能接受罚款。

来到深圳的头三个月，黎平非但没有存到一点积蓄，日常生活还需要亲戚救济。很多亲戚都劝他回四川去，然而黎平却始终不为所动。90年代末黎平换了一份工作，有了几年工作经验的他到了别的厂担任技术组长，逐渐收获了不错的薪水与成绩。

如今的黎平虽然只是一个小小的模具作坊老板，然而他却并不后悔，正如他平时经常跟作坊里的小年轻说的那样："既然来了，这里就是你的家，一个男子汉不能放弃自己的家，哪怕再难也必须要坚持下去。"

黎平只不过是南下川商中的小小一员，然而他的坚持与坚韧却是大部分川商都具备的精神。"既然来了，这里就是你的家"是多少川商在南下后的想法，正是这种归属感让他们执意扎根华南，为"家"的发展奉献出自己的一分力量。

* 21世纪初的中年危机

对于第一批南下的川商而言，90 年代初期的苦是可以忍受的，毕竟那时候的这批川商们有冲劲也有未来，他们愿意延迟满足去追求未来的光明，然而到了 21 世纪初期，当年的小伙子大多都已经成家，面对着生活的压力以及未知的未来，他们陷入了中年危机之中。

曾经有那么一档访谈，对 20 世纪 90 年代的南下务工者进行采访，了解他们的现状以及对未来的期盼。在采访中，有很多上了年纪的务工者面对着生活都表示无能为力，更有人表示自己将离开广州、深圳等大城市，或者到小一点的城市发展，或者回家乡发展。

在面对中年危机，第一批南下的川商也感受到了生活的压力与对未来的迷茫。《华南都市报》在 2000 年曾经做过这么一个社会调查：你在广州的发展与家乡的普遍发展之间存在多少差距？根据调查结果显示，大部分的外来务工者在广州的工资水平与家乡的工资水平相差不到 1000 块。根据 2014 年的数据显示，广州 40—45 岁的失业率为 4.81%，平均 100 个人里面边有 5 个人因为年龄原因而失业，对于很多成家的外来务工者而言，这并不是一个好的兆头。

1991 年就南下到深圳发展的机床工通叔便是失业大军的其中一员，在经历了十多年的努力后，通叔成了厂区里的老员工，并且管理着整个厂区的运营。然而，通叔在 40 岁那年不幸被裁员，自此他只能凭借着自己的积蓄维持家庭的开支。

在广州、深圳等一线城市，35 岁以上的人群并不好找工作，所以过了将近三个月时间通叔依然没有找到新工作。在面对生活的压力以及未知的前程，他执意用最后的积蓄开了一家小作坊，并且承包了一些工厂的加工订单，如今他的小作坊已经上了轨道，收入也有了改善。

他的故事曾经出现在《羊城晚报》上，他告诉记者："很多人在面对着失业危机的时候都会选择离开，然而对于我乃至我的四川老乡来说，回家乡发展是一个选择，然而我们的家在广州，我们这么些年也一直在广州发展，所以广州也是我们的家，如果并非走投无路，我实在不愿意放弃在广州的这个家……"

对于首批南下的川商而言，他们早已经对华南产生了归属感，华南对于他们而言跟家乡一样重要，虽然他们再也不是那个不顾后果勇往直前的少年。正如通叔所说，四川是他们的根，而华南则是他们的家，如非走投无路，谁也不愿意放弃自己多年来辛苦经营的家。

川商精神中的自我归属感

在 2019 年川商大会上，主办方提出了 24 字新时代川商精神：执着果敢、百折不回，明礼诚信、厚德务实，开拓创新、义行天下。在其中我们可以看到新时代川商的精神面貌，但仔细一想这难道不是川商精神中的自我归属感吗？尤其是初到华南的川商们，他们凭借着骨子里的川商精神在陌生的城市开辟出自己的一条路，其背后是对于这座城市的期盼以及扎根于此的决心。

然而，这并不代表着他们忘记了自己的来路，在过去的几十年里，川商们一直努力平衡着华南与四川两地在心中的地位，他们也许在华南地区取得了十分优异的成绩，然而在华南川商们的心中四川永远是他们不可失去的根。

* 华南川商的自我定位

对于很多人而言，在 20 世纪 90 年代初华南地区就是一个淘金的舞台，对于川商当然也一样，他们大多数人南下的初衷便是为了获得更好的发展。

然而，随着时光流逝，他们对于自己在华南的定位逐渐改变，有的人成了当地有名的企业家，他们希望自己能为地区经济发展做贡献；也有的人还在拼搏，他们希望能够通过自己的努力扎根于此……但不管怎么变，每一个川商在不断调整自己在华南地区的定位之余，始终会记得自己是来自四川的，他们的根始终远在中国的西部那个物质丰富的农业大省。

如广东四川商会会长王开庆，多少年来他一直致力于帮助四川本土企业发展。作为企业董事长以及商会会长，他在华南所拼搏所得荣誉多不胜数，然而他的内心里始终有一个柔软的角落，那是对家乡的热爱以及思念。

与王开庆一样的还有华南地区无数的企业家，他们始终心怀着对家乡的思念与惦记，在华南他们是具有归属感的一员，而四川是他们永远都不曾忘记的故土。每一个川商都清楚这么一个道理：华南让他们发光发热，他们愿意用奋斗去回馈这片土地，而四川是他们的根、他们的起点，他们也会用一生去反哺这片养育自己多年的土地。

也许，这就是每一个华南川商给自己的定位，将青春奉献给华南，以余生去铭记着巴蜀。

有人说，时间是一幅沙画，一切都无时无刻不发生变化。数十年前的我们，也许是来自四川的一个一无所有的小伙子，数十年后我们或许成了成功的领导者；数十年前的我们，也许不过是一个夜夜想念故土的小青年，数十年后我们在华南有了自己的牵挂，却依然忘不了家乡的一切。

不管时间怎么推移，不管现实怎么改变，对于华南地区的这批川商而言，他们的目标或许会随着时间与现实改变，然而他们的定位始终不变：一个来自四川的商人。

这句话，烙印在每一个华南川商身上，腰缠万贯的成功企业家是如此，为了未来奋斗的年轻创业者也是如此……

＊记忆深处：重走来时路

对于不少在华南发展的川商而言，当年南下发展的这段回忆是深刻且重要的，在他们的心目中，始终铭记着四川这片厚土上每一寸每一尺的故事。在他们的内心始终有家乡的位置，对家乡的热爱早已经扎根在他们的心中。

就在 2019 年，第一批南下的两名川商重温了当年的打工路。他们是扎根于中山小榄的四川籍企业家，在 90 年代初期随着打工大军一同南下，在 30 年的打拼下已经成了当地小有名气的企业家。

1991 年初期，17 岁的曾德智仅仅拿着一个蛇皮袋就走上了南下的路途，在绿皮火车上坐了三天三夜的他最终选择在小榄发展。那些年里，曾德智跟所有南下的川商一样，他从事着社会基层的工作，开过摩托、当过售货员。一年后，25 岁的刘小中也来到了小榄，经过了十多年的磨砺后终于开始创业，从一开始的一脚踢到如今小有名气，刘小中在其中吃过了不少苦头，也经历过不少艰辛。

而如今两人都打拼出自己的天地，44 岁的曾德智提出骑自行车回四川，重走南下打工路的想法。他与 52 岁的刘小中一拍即合，两人在筹划了一个多月以后踏上了骑行的旅途。

他们两人计划从小榄出发，沿着国道一路前行，横穿广东、广西、贵州，随后回到四川宜宾，全程约 1700 公里。他们的想法一开始无法获得家人的认可，然而在两人的劝解下，渐渐地家人也开始支持他们的"回家之旅"。

路途中，两人早上天未亮出发，骑行 10 多个小时，在卡车间、隧道里等险象环生的地方穿梭，在贵州更骑行了 18 公里的上坡。经过了 16 天的骑行，他们于 2019 年 11 月 18 日下午回到了宜宾，南溪区十多人来欢迎两位骑行回来的华南川商。

在接受记者采访的时候，两人告诉记者："走一走才不会忘记来时的路，希望给下一代做个榜样。"刘小中与曾德斌都已经是在华南打拼了 30 年的川商，他们在华南地区扎了根组建了家庭，然而对于家乡的情愫却丝毫没减，不管去到哪里依然心心念念着自己的故乡。

虽然不是人人都有勇气踏上骑车回川的道路，但当家乡需要的时候他们义不容辞地倾己所有帮助家乡发展，当同乡有需要的时候他们二话不说倾尽资源帮助同乡渡过难关，不管走多远他们永远铭记自己的起点，始终铭记着他们是四川人。

蜀地为根，天下为路

在多年前华南川商踏上了蜀道，走到了华南，如今在 4300 余家会员企业的齐心协力下，川商成了华南经济发展的一大推动力。

对于新时代的川商而言，他们心怀着对新城市的期盼，也铭记着来自西南的起点，在多少年的努力中他们成了连接四川与华南的桥梁，促进了两地的合作，让家与根连接在一起，形成新的发展道路。

＊蜀地为根，扛起经济发展大旗

在华南地区各四川商会中，其中发展较好的深圳市四川商会如今已有 900 余名会员，旗下 5 个行业分会，总市值高达 1300 亿元人民币。而根据数据显示，川籍企业家管理的深圳企业总资产已逾 5000 亿人民币。

不仅如此，在深圳市四川商会的推动下，川、深、港三地更是实现了合作共赢，其中海普瑞、创维、中孚泰等知名企业更是成了连接川粤两地的重要企业。在这些壮举的背后，绝不仅是个人的努力，也不仅是哪一个知名川商的付出，而是全体在深川商的集体奉献，这是属于团体的成绩，也是四川商人在华南地区所收获的成果。

在华南地区如深圳四川商会一样的团体组织多不胜数，佛山、惠州、珠海等地所建立的四川商会同样为了两地的发展而尽心尽力。

在一次采访中，佛山市四川商会（广东四川商会佛山分会）一名会员对记者说："这是属于四川人的奇迹，它无关我们个人，但同时也关乎我们每一个四川商人。"

华南的川商的成长到今日已经到了收获的时候，然而当我们想要铭记那些为华南发展而付出自己努力的企业家时，我们发现他们大多都籍籍无名，一心只在自己的领域中奉献出自己的力量，而唯一共通的是他们都是从巴蜀走来，并且一直将四川看作是自己的起点、根源乃至于他们自己的身份、名片。

他们甘于将自己的贡献融入团体的荣誉当中，每一个人都以蜀地作为自己的根，然后以蜀地的名义扛起了经济发展的大旗，为当地经济发展添砖加瓦。

这，就是这一批华南川商的自我归属，将所有的贡献交托给华南，将所有的荣耀归还给故乡，他们是夹在四川与华南之间的一代人，但同时他们也是为了两个"家"而默默耕耘的人。

＊源于川扎根于粤：虽异乡，亦辉煌

川商南下40年，川商们的勤奋务实以及合作诚实的特性，让他们在行业中取得了骄人的成绩。对于广东四川商会家具分会而言，其多年来所取得的成果更是为他人所羡慕。

目前，该分会已经占据了广东家具企业的半壁江山，甚至成了全国家居市场的风向标。作为广东四川商会家具分会中重要的一员，佛山市顺德区雅藤家具制造有限公司董事长唐剑波在一次川商大会上对广东四川商会家具分会取得的成绩说了这么一句话："虽异乡，亦辉煌"。

他告诉记者说，在华南这个舞台上，四川人勤劳务实的美德得到了充分的发挥，如今的川商已经成了广东经济发展的中坚力量。面对着消费者的更高要求，我们只需要踏实做好自己领域内的工作，把握市场需求的变化，即可为华南的发展做出自己的贡献。

雅藤有限公司在过去的多年中不仅仅为佛山的发展做出了自己的贡献，而且对四川的发展也付出了许多。比如说2013年4月四川雅安发生地震后，其所有员工积极参与捐赠活动，通过尽自己的一分力去表示对家乡的支持。此外，其更是在四川举办了多次关爱活动，出资带领四川灾区孩子到海陵岛看海，而企业董事长唐剑波也参与到活动中。

唐剑波多年来的努力正好应了他的这一句"虽异乡，亦辉煌"，他无愧于自己川商的身份，以多年来拼搏的果实反哺家乡的下一代；无愧于华南地区为他所提供的舞台，以不折不挠的奋斗精神帮助华南地区经济飞速上涨；同样他也无愧于每一个跟随他一起发展的兄弟。

从过去一个小小的家具销售员到如今的公司负责人，他始终关心着身边的每一个同乡，并且带领他们一起参与商会以及其他组织的慈善活动，热心家乡发展。在过去的十数年里，唐剑波带领着家具分会获得了无数表彰，同时其所创办的雅藤公司更是在广东四川商会10周年庆典上获得了年度优秀会员的称号。唐剑波直言：相比其他的荣誉，他更看重这个具有纪念意义的称号，因为这里承载了一个川籍企业家的梦想，承载了华南地区对自己的承认，也承载了自己对家乡的眷恋之情。

起源于川扎根于粤，这是每一个华南川商的梦想与现状，为华南地区乃至国家经济建筑添砖加瓦是他们对华南的归属感所在，而始终心怀着四川发展则是他们对四川的归属感所在。

第18章：川商文化与华南
文化的融合

文化，是人与人之间交流的基础，同时也是我们在生活中所有言行举止的源头。由于两地文化的相互冲突，使南下初期的川商经历了许多生活中的挫折。然而，这一切并没有难倒他们，在他们的努力下，川商文化与华南文化逐渐融合，形成了一种全新的文化体系……

华南文化的根源所在

两广地区经济发展可谓是经历了数次大起大落，40 年前的改革开放无疑是其经济腾飞的起点。在改革开放前，两广经济发展滞后，当地人的生活水平远远不如内陆地区；而改革开放后，华南经济一夜间飞速发展，当地人生活变化天翻地覆。

不管经济发展如何，对于华南地区而言，其多元的文化性始终伴随着其发展，引领着一代又一代的华南百姓不断前进。

*极致精神：细节见证成败

对于华南地区的百姓而言，细节足以影响到日常的生活。在过去的几千年里，以广东为首的华南地区虽然被称作是"南蛮"，然而从他们的生活习惯中我们可以看到他们对细节的极致追求，而这份极致精神如今依然常见于华南地区人们的生活当中。

在广东有那么一句名言：民以食为天。广东的百姓对于吃也有着极致的要求。姑且不论广东的美食烹饪是如何精确到分秒上，便是其在饮食方面的习惯亦可看出他们对于生活的极致追求。

也许跟广东人有所接触的朋友都见过这么一个现象：不管在哪里，吃饭之前，广东人都必用温水将碗筷洗一遍。这种对其他地区的百姓而言略显矫情的做法背后也有一套广东人的道理：史料记载，广东人餐前洗碗并不是因为爱干净，而是古代的广东人认为吃饭不能用冷碗，所以用温水烫碗让碗筷保持温度，从而使食物变得更加可口。

而在商业上，粤商同样秉承着这样的极致精神，他们对细节的把控相比起其他地区要更加严格。这就是为什么全国的科技中心最终会落在深圳的主要原因之一。

多年文化熏陶下，以广东为首的华南地区一直秉承着先辈遗留下来的习惯，并且将这种对细节的把控以及极致精神一路传承，在改革开放的机遇下，这种极致精神在经济发展中得到了充分的体现，成了广东、广西乃至于福建地区飞速发展的根基所在。

＊重利重商：从商经验丰富

从唐朝开始，华南地区的经济发展逐渐赶超中原。尤其是广东地区，拥有得天独厚的地理条件，其对外贸易以珠江三角洲向外辐射，在唐宋年间成了我国重要的对外贸易区。

明清时期，由于欧美对茶叶、丝绸的需求量增加，因而当地的商品经济以及海上贸易加速增加，广东成了当时有名的商业中心，而四川与广东的合作便是由两地的丝绸、茶叶运输开始。

改革开放政策的提出，使广东地区在经历了一段时间的衰退后迅速迎来了经济腾飞，粤商从商经验丰富，对利润的强烈渴望是促进地区经济迅速发展的原因之一。

另一方面，广东、广西地处偏远，在历史的进程中创造出具有自我风格的商业文化。

20世纪80年代末，外来人对于广东人乃至于粤商的印象是奸诈、会赚钱，"广东人奸诈"的错觉，实际上是因为广东人在商业上的造诣让外来人不习惯。

如今，广东、广西、福建等地人们依然十分注重商业发展与利润谋取，然而却很少再有人认为他们奸诈，人们的思想观念已发生了根本性的变化。

　*超越传统："叛逆"的创新精神

　　就地域文化而言，两广地区给人最大的印象便是"传统与创新"并存，尤其是在广东地区，其粤剧、早茶以及带有古代文化特色的建筑都成了其传统的标志。然而，这并不代表着广东地区是一个守旧的地区，反而其在很多时候都敢于破除传统，以创新的思维去替代固有思维。

　　尤其是在近代，以岭南为首的两广地区成了中西文化交流的重要桥梁，在多种文化思潮的碰撞下，很多新颖的思想渐渐替代了老旧思想，广东地区一夜间成了国内政治、思想以及文化革新的先行者。

　　打破传统的传统，从深圳的发展中即可见一斑。深圳从一个小小的渔村到如今全球有名的科技中心，其成功的主要原因便是这个城市打破了传统，打破了旧思想，选择了以高新技术为导向不断发展。

　　正是在这种敢于打破传统的文化中，粤商以敢于创新的姿态不断进取，在短短的数十年里让广东成为国内高新行业发展的领头羊，并且带领着华南地区迈向新的高峰。

　*海洋文化：包容的文化底蕴

　　在学术界有那么一句话：华南文化自广东，广东文化自岭南。从中可以看出，广东的文化引领着华南的前进，而岭南文化则是广东文化的核心。

　　岭南文化是建立在海洋文化基础上的兼容性文化。

广东、福建因得天独厚的地理条件成为我国对外交流的窗口，尤其是在交通并不发达的古代，岭南成了我国最早对外开放的地区，也成了外国人居住最多的地区。

文化的碰撞下，岭南最终形成了百花争艳的局面。以广州为例，我们走在广州街头随处可见佛教、道教、基督教、伊斯兰教等宗教建筑，并且当地人几乎不会去有意区分各宗教，他们更多是以包容的心对待不同的信仰。

两广文化与川商文化的冲突

在 20 世纪 90 年代的南下热潮中，越来越多的外来文化冲击着华南地区的原有文化。而初到华南的外来者也需要了解、感受华南文化，并且将骨子里的文化与华南文化相融合，避免两者之间的冲突。

对于初到异地的川商而言，不同地域的文化定然会造成一些麻烦，无论饮食、语言乃至于价值观上都与华南有着一定的冲突。

＊清淡与麻辣：饮食文化冲突

说起四川与广东的文化冲突，人们第一时间想到的必然是两地的饮食文化差异。作为沿海地区，广东地区的饮食以清淡为主，广东美食更注重于品尝食物的本鲜；而四川则不同，四川人对于食物的要求更偏向麻辣，对于 90 年代初的川商而言，广东的清淡食物可以算得上是一个噩梦。

　　据了解，当时南下的川商，大部分都选择自己做饭，在当时一些工业区附近的出租屋内，随处可见买菜归来的外来务工者，其中四川人占据了很大的比例。出现这样情况的最主要原因是两地饮食文化的冲突，当时很多四川人会选择三五同乡自己煮食，而在工厂工作的工人都会配备一瓶辣椒酱用以解决三餐问题。

　　后来随着广东、广西等地人口结构的变化，工厂附近方才出现川菜馆等外来餐馆。从中我们能够看到这么一条轨迹：2000 年的时候，川商队伍逐渐稳定，而很多工厂内主要由四川人组成，21 世纪初四川、广东两地饮食文化开始融合。

　　直至如今，广东与四川两地的饮食文化依然存在着很大的冲突，只是随着时间的推移，华南地区与四川地区的经济发展达到了一个足以包容各地饮食文化的层面，我们在广东可以看到不少的川菜馆，这也算是调和两地饮食文化冲突的最直观体现。

＊语言冲突：一时无法跨越的鸿沟

　　语言是当时南下的川商与两广本土居民之间的最大障碍。有那么一句话："天不怕，地不怕，就怕广东人讲普通话。"事实上，在 20 世纪 90 年代初，广东人的普通话更让人难以听懂。

　　语言成了外来者融入当地的最大障碍。当时很多工厂都会专门请一个普通话跟粤语（广西话）都精通的"翻译"负责外来务工者与华南本土人之间的沟通。

　　幸而，在深圳、广州等地的飞速发展中，语言冲突逐渐变小，两广人对普通话越来越重视；另一方面，移民数量越来越多，客观上促进了普通话的普及。

* "农科"文化冲突

价值观的冲突是南下川商与当地居民间交际中经常出现的问题。尤其是在改革开放初期，沿海地区有并不了解四川地区的盆地精神；而南下的川商同样对沿海地区的海洋文化了解不多。利润导向与勤奋务实尚不能完美融合。

幸而这两种看似截然不同的价值观在发展实践中，逐渐形成了互补。

2000 年左右华南地区迎来了一次行业结构转型以及科技革命，对于很多追求利润的华南商人而言，他们更需要依靠勤奋务实的川商为他们提供技术支持，因而在 2000 年到 2010 年间，越来越多的川籍务工者摇身一变成了企业家或是高级管理人员。

如今，两种价值观冲突已经日趋缓和。

文化融合后的新景象

华南本土文化与川商精神融合后，华南地区迎来了一番新的景象。

* 内陆运输：最大受益者

在两地文化的融合中，内陆运输成了其中最大的受益者。

从 90 年代开始华南地区的物流方式变得多样，除了原有的海运以外，更是增添了内陆运输等方式，进一步确保了华南与内陆地区间的物资交流，弥补了过去内陆运输滞后的缺点。

在内陆运输的发展过程中，不少川商把握住商机，建立起了自己的物流企业。其中最为人所知的便是当代南下川商的代表人物熊宗友所创办的四通物流，其运输线贯穿四川与华南，成了连接两地的主要桥梁。

随后许多运输公司崛起，以顺德为例，美的集团物流供应商中便有超过5家的快递、物流公司，算上海运、空运等运输方式上的合作，其合作运输企业多达十几家……可见改革开放后广东、福建等地的内陆运输行业迎来了大发展的时代。

而随着内陆物流的兴起，华南地区逐渐形成了全面的物流交通网络，从运输方式到运输目的地均成了国内最全面的货物中转及发起站，这是改革开放后经济上扬带来的衍生品，同时也是文化碰撞后迎来的补充。

＊饮食多元：以健康为目的

在四川与广东两地的饮食文化碰撞下，如今华南地区出现了一种两极分化的现象，既有麻辣的四川重庆火锅，也有清淡可口的粤菜，而这两种菜式在当地同样受到不同人群的欢迎，为不同的消费群服务。

而在这种看似互不干涉的经营结构下，华南地区的餐饮业发展有了新的方向。

由于外来的饮食文化过多，造成餐馆质量参差不齐，尤其是工厂附近的小餐馆，食品卫生与安全方面存在一定的隐患。所以，对于如今华南的餐饮业而言，对菜式的追求变少，而对食品健康的追求变得更加强烈。

　　以广州为例，许多餐馆开启了生态模式，不论是川菜抑或是粤菜，通过种植—生产—烹饪一体化服务，使饮食文化建立在健康的基础上，进一步包容了各地风味，让岭南美食保持整体质量的提高。

　　很多川商在如今已经逐渐从餐饮行业过渡到养生行业，从菜式配搭到一体化销售，美食市场在将来定然会在文化的碰撞与大同下迎来新的发展。

第19章：科技还是传统？华南川商的抉择

科技，是当代经济发展不可忽视的一个重要元素。改革开放以来，华南地区高新行业的发展逐步兴旺起来……

科技大潮来袭

在 20 世纪 90 年代初期，一波影响整个华南的科技大潮袭来，而广东等地更是迎来了一个全新的发展阶段。从传统行业到高新行业，华南地区耗费了将近 10 年的时间，实现了蜕变。

＊记录科技进步的岁月：科技进步活动月

20 世纪 90 年代初，科技大潮的袭来让所有的企业家都看到了变革的迹象，广东省政府也开始大力倡导发展科技，每年六月开展全省"科技进步活动月"活动。

通过"活动月"的开展，广东掀起了"全民科技"的发展热潮，许多科技企业一夜间崛起，并且在政府的扶持下逐渐成形。而"活动月"通过丰富多彩的科技活动不断弘扬科学精神，进一步为广东乃至于华南地区的科技进步奠定稳固的基础。据了解，1992 年在广东成立的科技公司高达 5000 多家，在一鼓作气的成长与突破下，科技行业给华南地区带来了未来长达 30 年的黄金发展期。

2000 年以后，华南信息产业以及互联网经济从萌芽到势如破竹，华南地区新一代的商人从传统行业转型到互联网产业，站在创新经济的最前沿。

纵观华南科技发展的 40 年，从"科技进步活动月"开始举办以来，各企业不断进取，通过创新与研发实现了理论创新与思想解放，形成了"科技突围"的坚定力量。直至如今，"科技进步活动月"穿越27 年的时光，依然是科技行业发展的标杆，成了推进华南地区科技发展的引擎。

＊首届"高交会"，打造科技第一展

20世纪90年代末，首届中国国际高新技术成果交易会正式落地深圳，通过本土高新科技成果以及专业产品的有机结合，进一步促进了科技成果与项目成交，对科技变现以及新型交易机制探索等方面做出了有效的尝试，进一步完善了华南地区的科技行业架构。

"高交会"的开展吸引来了无数投资商以及中介服务机构，通过展会将当时深圳乃至于广东地区的资源进行了一次有效的共享，主办方为技术供需的双方建立了首个网上交易系统，将展会从线下转移到线上，通过网络平台实现了高交会"永不落幕"的科技神话。

事实上，"高交会"以后，深圳科技行业进一步实现了飞速发展。自90年代末到21世纪初，深圳孕育出了数家改变人们生活的互联网企业，实现了"科技突围"，一举成为我国的科技中心。

科技的大潮造就了深圳、广州等高新科技聚集地，正是在时代的发展以及改革开放的支持下，华南地区从一个密集劳动产业摇身一变成了科技领先者，以创新与专业引领另一波科技大潮，带领着国内科技事业飞速前进。

传统行业面临的难题

面对科技大潮的影响，华南地区的传统行业迎来了前所未有的冲击，尤其是互联网经济的崛起，短短的几年时间内占据了大量的市场份额，对于一些传统行业而言，其生存空间持续减少，时刻面临着转型的压力。

＊精准化营销的冲击：被动营销终被取缔

互联网经济对一些传统行业造成了极大的影响，此如零售行业。在线上商城不断开展的过程中，许多大型零售企业都纷纷缩小了经营，甚至有的知名零售企业面临着倒闭的风险。

在这其中最主要的原因是互联网经济以其精准化营销以及低成本营销的优势，对传统的零售行业形成了冲击。一方面，互联网经济能够降低零售行业的成本，在店租、人力资源等方面都有着很好的优化作用；另一方面，互联网经济采用大数据分析，对产品与服务能够做出精准营销，相比起零售行业传统的被动营销而言有着不可忽略的优势。

因而，在互联网经济的发展下，很多大型零售商场都纷纷倒闭，而生产、加工等其他传统行业，其同样面临着互联网精准化营销的冲击。传统的生产与加工行业大多均利用信息差的优势运营，而随着互联网经济的出现，市场信息度变得更加透明，信息差的减少，造成了很多传统行业的利润减少，从而迎来了一波传统行业的倒闭潮。

事实上，在互联网经济的冲击下，真正被淘汰的是在技术上无法跟上，仅依靠地域优势与信息差运营的传统企业，而那些具有竞争力与个性化的传统企业在互联网经济下则进一步提高了自己的展示面，从而拓宽了自身的客源渠道，赢来了新一波的发展。

＊营销透明：打破行业同质化

在过去华南地区的传统行业发展中，由于信息的不畅通而造成了产品同质化严重的问题。一方面，同质化产品导致市场创新受阻；另一方面，由于信息差严重，造成了消费者地域性依赖较强，很多不良资金流转便是因此而产生。

所以，在科技经济的崛起中，很多利用信息差发展的传统行业遭到了打击，陷入了破产境地。以互联网经济为首的科技大潮进一步打破了传统行业的信息差与同质化，对产品、服务同质化严重的商业环境进行了优化。

一方面，通过信息透明的方式进一步击破传统行业同质化的问题，面对着科技的冲击，很多传统行业不得不通过降低利润的方法维持自身竞争力，从而陷入了利润降低与产品质量下降的恶性循环；另一方面，科技大潮的崛起将部分相对落后的产业淘汰，无法实现自主创新的传统企业陷入绝境。

很多传统企业在科技大潮的影响下退居二线，甚至面临着被淘汰，然而对于市场而言，正是科技产业的崛起促进了行业竞争的发展，从而加强了各行业的发展与创新，为华南地区乃至于全国植入了健康的竞争机制，掀起了新一波行业架构优化调整的大潮。

华南川商的抉择

面对着时代的新步伐，华南地区数不清的企业面临着倒闭的危机，而这时候正是川商南下的热潮，初到华南的川商由于没有一技之长不得不屈身于社会基层，从事传统生产与服务业。

面临时代的变迁，敢于创新的川商又是如何去打破时代格局呢？对于时代的变迁，很多川商都能察觉到传统行业的逼迫感，然而生活的压力让他们不得不继续在传统行业中等待着自己的机会。正是在这样的环境下，华南的川商们面对着新一轮的挑战，毅然投身于这个没有硝烟的战场。

1993年来到佛山发展的李索（化名）在进入制衣厂工作半年后，由于生产量日渐减少，李索很快就进入了裁员名单当中。失去了生活来源的李索辗转广州、深圳、惠州等地，最终在广东发展相对缓慢的江门找了一份自动化生产的工作，从学徒到管理人员，他耗费了5年的时光，却最终在90年代末的一波工厂倒闭潮里，他再次失去了工作，成了无业游民。

2000年，李索与几位老员工一起创办了一个小作坊，将所有资金用于购买设备与原材料，做起了材料加工的外包活儿。一开始，在互联网经济的冲击下，小作坊的业务开展并不顺利，后来李索在经过思量后决定利用互联网拓宽自己的业务范围，在半年的努力下，小作坊成功扭亏为盈，走上了正轨。

10年来李索的小作坊几经浮沉，如今发展成一家百人企业，业务范围面向顺德、惠州、中山等地，在江门市颇有名望。

与李索一样经历了互联网冲击的人比比皆是，他们凭借着的是自己的坚韧与创新，不断突破自我，最终成功从一名无一技之长的务工者变成科技革命的受益者。

从来没有一成不变的成功，也没有一帆风顺的安逸，从过去到现在，成功的配方永远都是勤奋加上方向，在正确的方向上，我们需要更多的努力去承担时代变迁的风险，如此方才能够拥抱时代，创出属于自己的辉煌。

第20章：川商与华南商帮的情谊

....

　　20 世纪 90 年代，南下的热潮席卷全国，来自全国各地的商帮纷纷南下广东、广西、福建等地，并且开创了全民创业的时代。而在这期间，商帮之间的磨合与融合成了当时社会发展的主旋律。在不一样的文化底蕴中，各地商帮又是如何通力合作，开辟出这个百业繁荣的时代呢？也许，我们能够从现状中窥见答案。

浙商：与川商互补

提起浙商也许大家都相对熟悉，其作为我国商帮最辉煌的一支，拥有如义乌一般的密集产业群，也有如马云一般改变世界的时代商人。就目前我国的商业发展而言，浙商可以算得上是最有力的推动者。

相比起川商，浙商南下的时间稍微要更晚一点，然而这并不阻碍浙商在南下后迅速抢占了纺织行业的最高点。在 20 世纪 90 年代初期，深圳的服装业迎来了高额的利润期，加上深圳的特区身份，很快其服装行业便与国际上庞大的服装需求产生了对接。

这时候，来自温岭、德清等地的服装产业从业人员大批南下淘金，在深圳掀起了一股投资热潮。大量的资金与技术人员南下，激活了华南服装市场，为服装行业接下来 20 余年的黄金发展期奠定了稳固的基础。

随后在深圳行业结构调整的大潮里，电子配套市场成了投资的最大热门，许多浙商在这次调整中发现了新的商机。根据 1995 年的研究调查看，在深圳有超过 1000 家浙江企业从事电子行业，其占据了深圳电子配套市场将近一半的份额，其中绝大部分企业家来自温州乐清。

对于川商在华南的发展而言，浙商的南下之路明显更加顺畅，一方面由于在服装行业的基础使浙商能够快速进入华南市场，而另一方面则是由于浙商南下之前已经配备了充足的资金，因而他们大多以投资的方式加入华南地区的发展当中。

而川商与浙商在随后的数十年里在合作上形成了互补，两地商帮达成了良好的合作意向。尤其是在五金材料与服装贸易方面，浙商与川商近年来形成了多个项目合作，为华南地区的经济发展带来了不可忽视的动力。

哪怕在华南以外两地商人也是通力合作，两地商人以互补的姿态在国内掀起了一股力量，引领着各行业的创新与发展。

粤商：并肩作战的战友

在川商南下初期，就有过无数粤商与川商合作发展的佳话。

初到华南的川商，由于缺少一技之长，空有一腔热情的他们只能协助粤商一同开辟事业，直到90年代中后期，川商方才慢慢崛起，形成另一股不可忽视的商业力量。

川商逐渐崛起以后，其与粤商的合作变得更具规模：在21世纪初期，川商与粤商联合开展的多个大型项目落地深圳，并且为深圳的科技产业带来了极大的发展空间。而在广州、佛山、惠州等地也同样能够看到川商的投资足迹，其在发展中与粤商共同进退，形成了川粤两地合作的共识。

目前，海普瑞、创维、中孚泰等有名的川籍企业更是将川粤两地合作不断深化，在这些川籍企业的发展过程中少不了粤商的支持，从供应到营销等各方面的配合。川商与粤商已经形成了十分深厚的感情。

在华南经济发展的这段时光里，川商与粤商就像是彼此互相扶持的战友，他们从弱小到壮大用了将近20年的时间。在扶持前行中，两地商人非但形成了深厚的友谊，同时也形成了一股强大的力量，带领着华南地区的经济不断上行，成为经济发展的有力推动者。

晋商：两者间的化学作用

在改革开放南下热潮中，晋商并不是其中最活跃的一员，但在华南地区的发展过程中，晋商却有一席之地。作为资源大省，山西省的煤矿以及其他能源的储备量远远高于其他省份，而这也是晋商为什么80年代不必大举南下的主要原因。

然而，随着时代的发展，单纯依靠资源的晋商发展远远落后于川商、浙商等其他商帮，因而在21世纪初，晋商开始寻求与广东等地的项目合作。

其实，就区域经济分工而言，山西省的资源结构以及广东的科技终端有着十分强烈的互补性，广东的科技发展能够进一步深化山西资源开发，而山西的资源优势能够大大减少华南地区的科技研发成本。

很简单的一个例子，就电价而言，广东省大部分地区为0.7元一度，而山西省只需要一半的价钱，光是电费就已经为广东省许多企业节省了不少资金。再者对于广东而言，晋商手中的资源正是华南地区稀缺的。

而同为能源行业的领头商帮，川商在华南的能源行业中亦做出了不少的贡献，在晋商向华南地区抛出橄榄枝以后，许多资源均对华南地区拓宽了贸易渠道，并且很多人才也纷纷流向了华南。这对于川商而言，无疑是一次交流与共享的机会。

作为最后进入华南地区的商帮，晋商在华南地区的发展并不活跃，甚至有一些狼狈。由于对地方资源的依赖，以至于晋商在华南地区无法放开手脚，甚至对高新产业了解不足的他们无法跟上华南地区的新兴产业结构。然而，在华南地区有那么一批川商，他们始终坚持以高新技术融入能源行业、基建行业，因而他们的发展为晋商们做出了榜样作用。

　　而我们不得不承认的是，晋商的能源引入对华南地区的经济发展有
一定的推动力，尤其是对于部分川籍企业而言，低价的能源使企业在华
南地区的运营成本进一步减低，甚至晋商背后的地区资源能够进一步契
合不少企业未来对能源的需求。而作为反馈，包括川商在内的华南地区
各商帮逐渐在山西开启了投资计划以及人才输送计划，帮助晋商再次崛
起。

第四部分

新时代华南川商的发展机遇

第21章：昔日南下筑梦，今日雁归故乡

华南川商的发展历程就像是一部庞大且漫长的励志故事集，在其中我们能够看到无数川商凭借着自己的努力与汗水，一步一步走向成功的彼岸。昔日的种种成就了如今川商的成功，也揭开了万千川商反哺故土的序幕……

华南川商逐梦赢未来

华南川商的成功是这个时代给予他们的最好馈赠，在他们的身上，我们看到梦想的力量，那是始终鼓励着他们从一无所有到名成利就的原动力。

＊从追梦到圆梦

相信大家也知道，广东一直都被称作是四川商人的"第二故乡"，根据统计可以看出，目前在全国各省份中，广东省拥有全国规模最大的川商群体，其中大部分的川商分布在广州、深圳两地。

从盆地走向外面的世界，没有人知道他们耗费了多少精力，鼓起了多大的勇气，失去了多少的时光……正如在千百年前，先辈们为了走出盆地，他们想尽了一切办法，最终得偿所愿。

在这片寸土尺金的土地上，数不清的川商一路追梦至此。尤其是在南下热潮中，他们带着南下淘金的梦想，在这片改革开放的前沿阵地上耕耘着自己的梦想。川商在改革开放 40 年间谱写了无数动人的故事。他们有的任劳任怨，不断前行；也有的咬牙迈进，经历了无数次失败与挫折，依然不愿放弃最初的理想；有的不甘人后，多元发展；也有的一路逆袭，把握风口，成就一时佳话……

对于很多人而言，南下是他们生命的转折点，那些埋头苦干的峥嵘岁月成了一生中不可磨灭的记忆。而如今，那些曾经在社会基层任劳任怨的川商们，已经逐渐活跃在电子技术、生物科技以及金融投资等多个行业中，成了行业翘楚。

奋斗从来都是不简单的，回望 80 年代末 90 年代初，企业家是一个遥不可及的梦，南下的四川人主要以保安、生产线工人、司机等社会基层工作为主，通过长时间的坚持与努力才踏上了创业之路。

是的，没有一个人的成功是侥幸的，早期南下者，他们大多凭借着体力劳动积累财富与知识。虽然改革开放为他们的发展打开了一扇窗，然而最终他们必须依靠坚韧不拔的精神才能在竞争激励的南方打拼出自己的一席之地。他们经受过了多少的苦难与磨炼，只有他们自己知道。

从当初的南下发展到如今的梦想成真，第一批南下的川商逐渐成了华南地区的一股重要力量。在他们的故事里，我们能够看到改革开放春风在他们身上留下的痕迹，同时也能够看到数十年如一日的奋斗留下的印迹。

＊全面崛起，华南川商规模庞大

改革开放，成就了华南川商的奋斗与崛起。改革开放对于第一批南下川商的而言，其无疑是一次不可多得的历史机遇。

在竞争激烈的商业道路上，华南川商始终铭记着自己的初心，在困难与磨炼中不断前进，披荆斩棘一往无前，最终在竞争激烈的华南地区站稳脚跟。在深圳特区这个一夜崛起的城市中，华南川商们更是通过智慧与奋斗，建立起了属于自己的企业大厦。

许多从零到亿的案例，就像是一注强心剂为其他南下的川商提供了前行的力量。在这些成功的案例中，专注于数字视讯的迈科智能可谓是在当地创造了一个不大不小的"川商奇迹"：从 2004 年成立到 2014 年成功上市，仅仅用了 10 年的时间，在这 10 年间，从一个 7 人的小团队发展成超过 3000 人的集团公司，50 万起步资金在 10 年间换回了年均

20 亿的销售额。

迈科智能在这 10 年间从一家小小的作坊成长为牵动地方经济的大集团，目前已经成为珠海新三板挂牌企业中体量最大的一家企业。而在最近 10 年成为川商们奋斗榜样的远远不止这么一家，再比如海普瑞作为肝素纳原料药全球龙头企业，其业务足迹遍布全球，成为最有名气的原产药企业之一，而微芯科技的成功同时也见证了川商在生物科技领域的发展与未来。

根据四川省政府驻广州办事处的介绍，如今在整个华南地区，川商是外来商帮最闪亮的一支，他们用数十年的时间使川商在南下的发展初具规模。在目前为止，许多在当地有名的企业都是在无数川商的奋斗与努力下崛起的，其中更是包括当地人尽皆知的西可集团、卓越集团以及中国华西，它们产值过百亿，对于华南地区的经济发展做出了巨大的贡献。

数据显示，2019 年产值超过十亿的川商企业有 11 家，产值过亿的企业有 700 多家。这一群曾经在华南居无定所的川人，凭借着自己的毅力，为川商团体在南方开辟出一条通往成功的道路。如今，遥望整个南部的发展，川商的力量成了其中不可或缺的主要部分。

如果说，努力是成功不可或缺的因素，那么数十年如一日的坚持便是通往成功的唯一道路。过去的 40 年间川商开天辟地的精神，成了川商南下过程中最闪亮的一环，同时这一段峥嵘岁月也即将记入史册，成就川商渗透华南的一段佳话。

回馈桑梓共发展

随着四川本省经商环境不断优化，川商的脚步在踏遍千万山水后又重新回到了故乡。从当初的南下到如今的回巢，每一步都把川商身上的特质勾画得淋漓尽致。每一位华南的川商都用实际行动告诉所有的人，这就是川商的精神，无论走多远都永远铭记自己的起点。

＊百鸟归巢，万众一心助川发展

近年来，四川不断优化自身的商业环境，在当地政府、商业团体的努力下，目前四川的经济发展迎来了新的突破，越来越多的川商带着一身的辉煌与成就，回到了这片熟悉的土地上，用多年来的成果与收获反馈这片故土。

在四川近年来的飞速发展中，广东四川商会是不可忽略的助力者。其会长王开庆曾经表示，自己将对广东川商的回巢全力支持。近年来王开庆一直助力家乡经济的发展，并且将其当作是商会的发展宗旨。在全国多家川商总会中，广东四川商会最早提出要"回川兴业，反哺家乡"，同时也是最早提倡众志一心，整体转移的四川商会之一。

王开庆在一次采访中告诉记者，虽然目前在广东省发展的川商多为中小企业，但其具备的创新能力与发展潜能是四川本土发展所需的一股力量。过去几年，广东川商在自身发展的同时，也积极抱团回乡发展。正如王开庆在谈起广东川商的时候说的这般："每一个在广东的川商都在尽着自己的一分力。"

2017年，王开庆代表广东四川商会参加了华南川商座谈会，并且在四川省政府的号召下落实推动优秀川商返乡的计划。近几年来，他带领曾经在广东省发展的川商一同回归家乡，为四川省的经济发展做出贡献。

不仅王开庆一心助力四川当地的经济发展，广东四川商会会员在会长的带领下，也"倾巢而出"，为家乡的发展贡献出自己的力量。其中最让人瞩目的莫过于广东四川商会红木分会在家乡的号召下，为西部红木文化创意产业园项目注资 50 亿。在红会分会的支持下，目前南充市嘉陵区形成以 300 家以红木、实木家具为核心的产业集群，希望通过红木家具的生产、研发、销售组建成一体化产业平台，形成以红木家具为载体的全面产业链。

广东四川商会佛山分会同样也不为人后，其牵头的中国西部轻纺科技产业园项目在 2018 年投产，首期投资金额高达 20 亿元，预计投产后年产值高达 30 亿元，通过年均 1.5 亿的税收贡献帮助 5000 人以上解决就业问题。

当下四川即将迎来经济腾飞之时，无数曾经南下的川商纷纷毅然回乡，为家乡的发展助力，成就了川商心怀故土的一番佳话。

＊助力经济转型，投身高端产业

关于个人价值与发展，在网上有那么一个说法：当你的到来，让事情变得比以前更好，那么你的出现就有了价值。这句话同样适用于川商回巢的浪潮。对于四川而言，在多方异地川商的投资下，不知不觉中内部的产业结构已经逐渐发生了一些可喜的变化。

在近年来很多在粤川商的投资产业正在从过去的纺织业、家具业等劳动密集型产业逐渐转为电子信息、能源业、现代农业等新时代产业，而过去的单项目投资也逐渐演变成产业集群投资，可见目前华南川商对四川的经济发展充满了信心。

从万千川商南下发展到如今高端产业纷纷返乡，川商在过去的十数年间经历了质的蜕变，而四川这片土地也恍如一位老母亲，在漫长的等待后迎来了子民们的反哺。据了解，驻足珠海多年的迈科智能计划利用三年的时间建立西部总部以及研发中心等项目，将自身业务立足于成都。迈科智能的西部发展计划中提到，将会搭建一个 500 人的研发团队，就目前的新生产业进行研发，涉及智能硬件、大数据分析以及云端科技等应用系统，为四川的经济转型以及发展助力。

在惠州发展的其正科技为支持四川的高端产业发展，在宜宾智能终端项目中投资了将近 20 亿元，致力于打造全国顶尖的智能产业园，将中国领先工艺的刀具、模具项目生产基地落户四川。

由于川粤的产业互补性较强，因而广东省同样也支持川商将业务领域辐射四川。近几年来，川粤两地的合作正不断延伸，从单项投资变成了双向共赢的发展格局，四川省也成了能够与南部地区互利互惠的经济省份之一。

从传统到新兴，四川省内的产业结构实现了跨时代的飞跃，在其中我们不可忽视的是过去几年来，南下川商对四川的反哺，同时我们也要感谢四川对人才的孕育与培养，通过足迹遍布天下的川商带动了多地经济发展，为我国的新生产业发展带来了一股坚韧且强大的推进力量。

第22章："一带一路"背景下，川商跨越国界

"一带一路"对华南川商的促进

2015 年，国家发展改革委、外交部、商务部联合发布了《推动共建丝绸之路经济带和 21 世纪海上丝绸之路的愿景与行动》，国内企业对"一带一路"沿线 49 个国家进行了直接投资，进一步加强了国内企业与国际企业之间的连接。在"一带一路"倡议的驱动下，华南川商的发展迎来了新的起点。

﹡"一带一路"的发展重地

作为改革开放的发展重地,华南地区在过去数十年间迎来了飞速的发展。而如今"一带一路"倡议的提出,又让华南地区以经济领头羊的身份优先享受政策带来的春风。但不一样的是,40年后的华南地区已经不再是改革开放前的那个贫困地区。

以广东为例,其有着全国最完整的商业体系,在科技、对外贸易等方面有多年的发展沉淀,目前在广东地区形成了许多重要的产业集群,这是加强国际产能合作的首要条件。

华南地区相比起其他内陆地区,其拥有更完善的交通物流体系,能够对"一带一路"沿线国家之间的贸易往来发挥集散功能,进一步带动跨境资源的流动,以及提高国际市场间的无缝连接度。广州、深圳等地已经聚集了大批具有国际影响力的企业,因而其有足够条件为"一带一路"提供政策沟通、设施联通、贸易畅通、资金融通和民心相通等方面的有力支撑。

再者,作为改革开放的领头羊,深圳、广州等地有着十分强大的技术优势,如上文提及的迈科智能、其正科技等企业对于"一带一路"沿线国家的科技发展需求有着十分重要的意义,其能够为沿线发展中国家提供科技发展的支撑,从而实现"全球命运共同体"的目标,进一步促进沿线国家的国际竞争力以及贸易能力发展。

﹡重塑格局:促进华南川商走向国际

在"一带一路"倡议下,华南多个地区制定了相关的工作方案,对于地区企业参与"一带一路"做出了极大的推进作用。

华南川商为了进一步巩固自身国外贸易的合作渠道,推进贸易合作的发展,以王开庆会长为首的广东四川商会代表团先后访问了许多国家,并且在某些项目中签订了合作协议。

在"一带一路"背景下,广东四川商会对于即将到来的机遇和挑战十分重视,2020年广东四川商会迎春团拜会上,商会更是特邀经济学家吕守军教授等多位精英就如何优化"一带一路"资源对接等问题进行探讨,进一步促进华南川商提升自身的竞争力。

对于华南的川商而言,贸易舞台的拓展进一步促进了其全面发展。在日渐提升的贸易量中,川商们能够有足够的时间与资金去进一步加强自身核心产业的发展,从而让自身的业务水平国际化,实现全面提升契合国际需求的目标,逐渐走向国际贸易的舞台。

总而言之,"一带一路"的实施对于华南地区的经济格局以及产业结构定然带来极大的促进作用。因而,在"一带一路"普及与推行过程中,华南地区多有川商团体把握机遇,迎接新的挑战。通过配合政府与市场加强基建、建立交通枢纽的方式,进一步加快产业升级换代,形成产业集群,从传统行业过渡至智能行业,进一步推动华南川商的全面改革以及地区经济的新发展。

跨越国界的华南川商

在"一带一路"倡议下,我国的贸易行业仿佛被注入了一剂强心剂,迅速占领了不少国际市场份额。对于华南川商而言,"一带一路"背景下其同样获得了充足的机遇。而更重要的是,在实施过程中,更多华南川商的脚步踏上了国际舞台,赢得了骄人的成绩。

＊迈科智能：把高清带到国外

目前广播电视数字化成了全球普及的技术之一，北美亚非等地区近年来陆续关闭模拟信号，纷纷开启视讯数字化项目。数字电视产业的基础设施机顶盒产品成了目前贸易产品中最常见的商品。

作为国内最大的家庭智能融合终端出口商之一，迈科智能近年来一直将自身的数字化产品带到国际的舞台，尤其是在"一带一路"背景下，其出口量暴增，连续三年稳居中国数字高清机顶盒产品出口量的前五名。据了解，作为迈科智能创始人及董事长的缪克良是第一批南下的川商之一，目前兼任珠海市四川商会会长，在大时代中，他始终健步如飞，带着国内新兴数字化产品走上了国际的舞台。

作为国内知名的高新技术企业，迈科智能目前已经具备一套十分成熟的运营制度，其经营指标稳健，在产品出口方面也有着较多的优质客户，1000 多万外国家庭使用着他们的数字化产自产品终端，产品通过良好的质量品质以及与时俱进的更新频率，在海外有着极其优异的口碑。

据了解，目前迈科智能拥有国内领先的科研水准，在"一带一路"背景下其出口份额逐年上涨，近几年来迈科智能的外销收入占总营业收入的 70% 以上，其拥有自营进出口权，市场主要集中于中东、北非与南美等地，迈科智能在国外的市场份额迎来了更大的发挥空间。

虽然，迈科智能成立以来就面向国际，但"一带一路"倡议使其迎来了更加宽广的舞台，尤其是在多地贸易壁垒消除后，其产品出口在成本以及运输方式等方面都有着极大的改善，公司的经营水平也随之提高。

更重要的是，随着迈科智能的发展，越来越多的华南川籍科技企业在它的影响下逐渐将目光落在国际市场，并且朝着这个全新的目标进发。我们有足够的理由相信，在"一带一路"的推进下，以迈科智能为代表的科技企业将会在国际舞台上更好地发挥自己的所长，将更多更好的产品带到国外，让华南川商的足迹遍布全球。

＊面向国际的整木家具顶级品牌

如果说，对于华南川商而言，"一带一路"能够帮助他们走向更大的国际舞台，那么对于杜延金而言，"一带一路"无疑是帮助他将自己对家居的认识与创意从国内带到了国际。

作为深圳本土最有竞争力的家居设计企业之一，杜延金所创办的豪利集团一直致力于铸造整木家居的顶级品牌。在集团成立初期，杜延金认为传统家居的产品同质性十分严重，难以满足大众的个性化需求。因而，他踏上了个性化定制家居之路，并且通过面对面交流的方式，将产品设计建立在顾客的实际审美需求基础上。

在集团发展初期，杜延金所秉承的发展理念深受顾客青睐，消费者可以通过定制，让设计师设计出一套个性化、实用性的家具定制方案，再通过集团"一站式"采购以及服务，进一步让个人审美融入家居设计当中。

随着生活水平的不断提高，高品质的家居设计成了如今室内装修设计的主流，传统的设计"模板"逐渐开始失去市场份额，杜延金以及其豪利集团迎来了新的增长点，成了深圳乃至于全国闻名的家居设计品牌。

目前，豪利的品牌影响在国内可谓是日益扩大，其在国内的100多个城市里开设了两百多家品牌旗舰店，全国各地随处可见其设计项目，彰显了集团独特的艺术魅力以及不拘一格的设计模式。"一带一路"帮助杜延金敲开了通往国际的大门。

在"一带一路"倡导的加强中外文化交流与合作的背景下，杜延金勇于面对家居设计行业发展中的机遇与挑战，其不仅仅主动前往国外学习新的家居设计知识和理念，更是积极响应"一带一路"中的文化交流互鉴的倡议，加强企业与国外的区域合作。

如今的豪利不仅仅是深圳本土最具有竞争力的家居定制企业，并且其足迹更是遍布了世界各地。豪利集团的产品已经走出国门远销马来西亚、澳大利亚、美国、俄罗斯等五十多个国家，其成了一个具有国际影响力的品牌，使杜延金一直以来的"定制梦"在国际舞台上得以实现。

改革开放促进了第一批川商南下，为他们在华南地区设立了发展的舞台，而如今"一带一路"引领着这批华南川商走出国门，在国际市场上为他铺路，带领着他们走向更大的舞台，发挥各自所长，走上更远的道路。

＊走进国际高端市场

在华南川商群体中，有那么一个人，他从一个小小的技术工摇身一变成了国内外知名企业的创办者。相信当年没有人能够想到，1997年从四川内江职业技术学院磨具专业毕业的他，在20年后成了高端汽车模具的领头羊。他就是深圳四川商会理事长刘跃，他用20年时间从一个学徒成长为蜚声国内外的"模具大亨"。

刘跃的创业之路并不平坦。1998年刘跃来到了深圳，成了一名基础学徒，在半年间他一直领着300元的学徒工资，学有所成后辗转深圳与东莞两地，在5年的时间里成了东莞一家模具企业的总经理助理。

正是这几年的摸爬滚打，让刘跃懂得如何从员工的角度去看待发展与管理。正如他在日后对于民营企业发展的评价一般："民营企业就好比抗日战争中的八路军队伍，武器设备落后，资本实力很差，但是最后还是赢了，因为人心决定士气。"

2005年刘跃在香港注册了杰美实业，踏上了创业的道路。当时的杰美实业虽说是一家公司，然而实际上全公司上下就只有刘跃一个人，每天他必须忙着谈客户、接订单，设计图纸与出模具，所有的事情都由刘跃一个人亲力亲为。

正是在这样恶劣的环境下，刘跃锻炼出了自己对行业的判断力，也正是如此让他把握住了国家战略的春风。当然，在"一带一路"之前，杰美实业已经在国内小有名气，尤其是在员工管理范畴，刘跃始终做得有声有色，自2006年在深圳开厂以来，公司每年的人员流失率基本为零，从而也为杰美实业在后来规模飞速壮大奠定了稳固的基础。

在"一带一路"引领下，杰美实业逐渐登上了国际舞台，并且在国际上取得了骄人的成绩：几乎每一辆宾利、宝马、捷豹、路虎、沃尔沃等高档汽车都在使用杰美实业的模具，杰美实业成了我国模具输出的主力。

回望刘跃以及杰美实业的发展道路，无疑是应了那句"机会是留给有准备的人的"，凭借着企业万众一心的氛围以及厚积薄发的行业核心技术，刘跃随着政策的春风一举走向了国际，把中国制造烙印在国外高端品牌之中。

"一带一路"背景下，华南川商的商业机遇

"一带一路"的提出与实施，为许多在华南地区打拼的川商带来了

更大的发展空间。而随着"一带一路"的深化，越来越多的商业机遇出现在川商眼前，如何抓住这些机遇，是华南川商群体面临的挑战。

＊"一带一路"下的四大机遇

在"一带一路"背景下，华南川商在发展中将会遇到很多过去无法触及的商业机遇。四川省商务厅外经处处长陆平发表主题演讲时曾就此发表过看法，他认为在"一带一路"下，华南川商以及本土川商均需要在以下四方面中寻求机遇：

一是从科技创新、农业农机、装备制造、物流通信等具有优势的行业中寻求机遇，与"一带一路"沿线国家形成互补。就广东地区的川商企业而言，其在高新技术、装备制造等行业中有着极大的优势，尤其是在科技创新方面，一大批拥有全面技术的上下游企业输出对沿线国家的科技发展有着不可忽视的影响。

二是站在市场前景的角度看待"一带一路"，目前大部分沿线国家正处于工业化初期，因此对于工业深加工品的需求旺盛，尤其是基础建设方面的原材料需求量大，因而对于制造业更为发达的华南地区而言，这无疑是一个重要的机遇。

三是在"一带一路"背景下加强自身合作意识，与沿线国家构建合作共赢的平台，帮助企业在当地巩固自身业务的同时，也能够为当地带来就业机会，甚至可通过建立工业技术合作的模式，进一步在帮助沿线国家提高自身工业水平的同时，向当地渗透自身业务。

四是在国家政策的不断完善下巩固自身发展，进一步参与到重大项目的开发当中。目前，国家已有大批重点项目于"一带一路"沿线国家中开展，不少川商企业参与其中。通过重大项目的落实，一方面能够拓宽华南川商企业的业务途径，另一方面对于企业经济效益的提高也有很大作用。

就目前华南川商群体的发展而言，在"一带一路"中，大多数企业有着足够的能力与水平去对接沿线国家。实际上，"一带一路"无疑是为华南川商群体创造了一个双赢的平台。因而，对于华南川商群体而言，"一带一路"可以称得上是多个行业的"风口"，是其扩大经营以及稳固经济基础的最大动力源泉。

＊物流行业：新战略下的大赢家

在"一带一路"倡议下，华南地区的物流行业可谓是受益最深的行业之一。对于四川本土而言，新的内陆物流模式正在不断焕发着新的生机，而对于华南地区发展的川商而言，多联动物流发展的深化过程同样也有着不可忽视的发展潜力。

2019 年 12 月，四川商会在深圳市成功举办了"筑梦湾区新时代，先行示范有川商"第三届第三次会员代表大会，监事长熊宗友成了这次大会中最闪亮的存在。作为川商群体在华南地区物流行业的先行者，其早在多年前便将发展目光落在了物流行业上。

熊宗友果断投身物流行业：自 2006 年牵头筹建了广东四川商会物流专业委员会以后，一直率领广东四川商会物流分会不断开拓。多年来，他始终致力于发展四川的物流与广东物流之间的对接，并且与广东重庆商会一同建立了广东川渝物流园区，并使其成为四川与广东两地物资配备最大的物流基地，同时也是华南川商在物流行业的主要根据地。

成了华南地区不可忽视的物流行业领头者以后，熊宗友将目光放在了"一带一路"背景下物流行业的深化发展上，因而他大力赞助了这次商会会员代表大会，并且在会上为新一代川商分析物流行业未来发展的趋势，分享过去的经历。

"一带一路"倡议下，华南地区定然会迎来一次交通发展：近年来广西北部湾港，进一步整合了北海港、防城港、钦州港等城市港口，实现了区域性的联动。由此我们可以预测，广东、广西两地将会成为华南地区货物物流最重要的运输枢纽，甚至在物流基础的优势下，两广地区会逐渐成为新一代的国际金融中心以及科技文化中心。

因而，物流行业的发展是"一带一路"背景下，华南地区首要的发展项目，尤其是在机场、高速公路、港口等多个交通载体的合作上，华南地区需要进一步拓展交通渠道，实现信息化服务，如此方能够契合自身的地理优势和发展战略，将华南地区打造成为"一带一路"沿线中最重要的国际交通枢纽，促进贸易的发展。

＊能源行业：迎接更大的发展舞台

南下川商有很大一部分投身于能源行业，虽然就目前的情况看，川籍能源企业大多是中小企业为主，然而其目前在"一带一路"倡议下却迎来了良好的发展机遇。

"一带一路"促进了能源企业"走出去"，给海外能源投资带来了更多的便利。

不得不说的是，在过去的数十年里，虽然华南地区在能源行业（再生能源）上取得了不错的成绩，然而对于川商群体而言，由于缺乏足够的资源与人脉，取得的成就算不上耀眼。但随着"一带一路"的落实，贸易壁垒的开放让一切有了新的可能，能源行业的产业结构也迎来了新的变化。川商在该行业的发展也将得到更大的空间。

第23章：川商南下的企业家精神

·······································

　　华南川商在过去 40 年来所铸造的辉煌，离不开改革开放春风的洗礼，在开放、进取的社会氛围下，企业家成了华南地区经济发展的重要角色之一。"企业家精神"同样成了商人所推崇的重要精神图腾。

　　在国家制造强国建设领导小组第四次会议中，李克强指出：要着力弘扬企业家精神与工匠精神……为促进经济中高速增长、迈向中高端水平提供坚实有力支撑。可见，身为这个时代的企业家，我们不仅要心怀工匠精神，将业务与服务做到极致，同时也必须要时刻肩负着时代赋予企业家的使命，大力弘扬企业家精神，为这个时代的发展奉献出自己的一分力量。

筑梦南下的进取精神

进取，是川商群体骨子里烙印着的。从开辟蜀道走出盆地到如今足迹遍布四方，川商不断以自己的坚韧与坚持，在时代的发展中开拓进取。20世纪80年代末到90年代初，第一批南下的川商则很好地诠释了何为进取精神。

在20世纪90年代，南下的川商大多年轻气盛，他们凭借着一腔勇气南下两广，在缺乏了专业技术的情况下，这些川商只能够从事基层的工作，当时在他们面前的是一条不知通往何处的道路。

在当时，东莞虎门的服装、南海西樵的纺织、南海大沥镇的铝型材、中山张槎镇的针织、小榄镇的五金、佛山石湾镇的陶瓷等地区行业成了经济发展的主力军。再到后来，广州、深圳等高新行业的发展引领了时代经济的跃升。而在这其中展现出来的是川商不断自我更新的进取精神。

例如邓申伟，他一直以来都自称为农民工。20世纪80年代末，他与其他农民工一样奔赴"广深佛"。经过了开出租、买烤鸭、搬砖头等基层工作后，邓申伟凭借着自己的努力积累了一定的财富与人脉，这才成就了他的创业梦，最终成了国内屈指一数的"皮具大王"。

在第一批南下的川商中，有着无数跟邓申伟一样的人，面对着起跑线不如人的困境，他们始终坚持奋斗，通过努力与坚持去拉近自己跟他人的差距。而如今，很多当年灰头土脸的"农民工"，如今已摇身一变成了高新科技企业的创始人或管理人员。这是源自进取的蜕变，同样也是一个又一个埋头不休的夜晚换来的成功。

也许，这就是企业家精神中最重要的一环——进取精神的体现。不认命不信命，不断上进，把生活带到梦想的通道上，让自己成为对社会更加有用的人。这，就是川商骨子里的进取。

不甘人后的创新精神

对于无数曾经在基层奋斗的华南川商而言，真正让他们从人群中脱颖而出的除了那股韧劲以外，创新精神也是其中不可或缺的一个重要因素。

试想一下，要在人才济济的深圳、广州脱颖而出，对于许多曾经只从事过农业的川商而言是一件多么困难的事情？多少川商在初达华南的时候一无所有，又有多少曾经一无所有的农民工到最后成了高新企业的带领者？

正如一位在华南地区打拼数十年的互联网企业创始人所言："拼搏是基本，创新是出路，身为企业家必须要配备创新精神。因为人们最大的需求就是改变自己的需求，企业如果缺乏了创新，那么它就无法引领群众的需求，自然也没有办法做得长久。"

不管是本土川商还是华南川商，在他们的骨子里始终有着一股敢为天下先的创新精神。比如说，一直从事煤炭工作的王开东偶然发现了瓜蒌根果的药用价值，他马上辞职，并且鼓动家乡的农民们种植瓜蒌，最终王开东得到了家乡政府的拨款，并且成功将事业带上了正轨。如今的他从一个煤矿工人摇身一变成了一家集种植、加工、包装、销售于一体的企业的创始人，成就了华南川商群体中的一时佳话。

对于第一批华南川商而言，他们没有本土商人的人脉与资源，他们所依靠的便是行业前瞻性。以产品去挖掘人们的需求，以服务去引领行业的标准，这是一个商人应有的创新精神，同时也是时代发展所需要的一股力量。

在当代还有无数南下的川商，他们跟所有的前辈一样，始终"以坚韧为本，以创新为路"，在日新月异的社会发展中不断寻找着出路，寻找着能够带动社会发展的"钥匙"。

这就是华南川商的创新精神，不甘人后敢为天下先，始终梦想着以更好、更新的产品打动市场，提高群众的生活水平。

诚信为主的契约精神

随着时代的发展，企业家精神正不断地进化，尤其是在如今这个合作共赢的时代，企业家精神尤其重要。对于华南川商而言，他们从基层走来，逐渐走到广阔的舞台上，其依靠的就是时代的支持与合作伙伴的信赖。

新时代的企业家精神并不仅仅是在于拼搏与创新，而在这两者的底下还有一个不可忽视的基础——诚信。在中国企业家调查系统发布的《转型时期的企业家精神：特征、影响因素与对策建议——2019·中国企业家成长与发展专题调查报告》中指出：诚信是我国企业家精神的基础内涵，营造全社会诚信环境是弘扬企业家精神的最直接体现。

2018 年中国企业经营者问卷调查跟踪的结果显示：对于目前最能够反应企业家精神的一环，14.6% 的企业家认为诚信是企业家精神中最重要的一环，其次是敬业与创新、乐于奉献、坚韧。在企业家精神的多个层面上，企业家们对于"诚信"的自我要求与需求最高，可见在目前这个时代里，建立在诚信之上的合作共赢已经成了时代发展趋势。

每一位南下的川商都明白诚信的重要性。正因他们一路走来经过了无数的挫折与磨难，因而他们珍惜每一个合作发展的机会，珍惜每一次从合作中获得的曙光。

在 2019 年川商发展的大会中，主办方便提出了 24 字新时代川商精神，"明礼诚信"成了其中一个重要的组成部分。相比成就与荣誉，川商更看重的是一个人的综合素质与诚信，这是烙印在他们心中的信仰图腾，以诚信为本走遍四方。

华南川商千里而来，为的不是蝇头小利，而是扎根于此的长远发展。所以，他们绝不会因为眼前的利益而破坏自己的诚信，因为在他们看来真正的企业家都不会为了蝇头小利而忽略了长远的发展。能够拥有可持续发展的能力，那才是真正的企业家，不是吗？

一路走来，经历过磨难与挫折，也曾经为眼前的难题而不知所措，然而作为一名企业家，最重要的还是能够做到光明磊落，面对困难的时候可以惊慌、无助，但是却不能够失去诚信，因为这是一名企业家的立身之本，也是华南川商一路走来未曾丢弃过的尊严与风骨。

敬业精神是川商不变的图腾

没有一个成功是一蹴而就的，在商业的发展中，我们也许能够遇到风口一夜成名，然而却不可能依靠风口走过 10 年乃至一辈子。在我们身处的时代中，有的人依靠时代趋势一夜成名，但很快就回归平凡；也有的人勤奋务实，一步一个脚印地往前走，最终收获了成功。

前者只能够被称作是投机者，后者方才是我们口中的企业家。因而，在新时代的企业家精神中，敬业是每一个企业家骨子里的，唯有对行业的热爱与敬畏，方才能够将我们带到更远的未来。

　　"做一行，爱一行"是走向成功的基础，毕竟生活给予我们每个人奋斗的时间都差不多，对于平常人而言，只有在一个方向上不断地深化自己的业务技能，才是走向成功的唯一道路。

　　马克思·韦伯在《新教伦理与资本主义精神》中，有那么一段话："这种需要人们不停地工作的事业，成为他们生活中不可或缺的组成部分。事实上，这是唯一可能的动机。但与此同时，从个人幸福的观点来看，它表述了这类生活是如此的不合理：在生活中，一个人为了他的事业才生存，而不是为了他的生存才经营事业。"

　　对于事业的忠诚与负责，那是一个企业家不断攀登高峰的动力源泉。而华南川商们明显也明白这个道理：在各行各业的发展中，每一个人都不断地在自己的位置上自我提升，每一次的发展与壮大都是厚积薄发的结果。比如说杰美实业的刘跃董事长，从学徒到总经理，他耗费了将近 10 年的时间，但他并没有因此而感到气馁。

　　创业后，他一直坚守着模具的生产与设计，直到杰美实业的名号传遍世界各国。如今的他，有着数不清的合作邀请，也有来自业外的诱惑，只是一路坚守而来的他依然不为外界的诱惑所动，坚持在自己的行业里稳步提升，为川商群体、为国家乃至世界创造更多的价值。

　　其实，在华南川商群体中，如刘跃一般数十年如一日坚守的企业家比比皆是，他们始终铭记着自己的初心与坚持的意义，在日复一日的工作中寻找着企业与自己存在的意义。

舍己为人的奉献精神

　　一个商业团体的企业家素质与追求，对于国家的产品品质以及发展潜力有着决定性的影响。自"企业家精神"写进了政府工作报告中以后，企业家身上应肩负的良好品质逐渐被梳理成型，并且引得众多企业家争相学习。

2015年可以说是企业家发展的里程碑，在2015年之前，我们眼中的企业家大多均是追求财富与地位的商人，而随着企业家精神的树立，越来越多的商人学会了从经营中回馈社会，肩负起自己的社会责任感。

对于华南川商而言，40年前的改革开放便已经激活了他们身上的奉献精神。在华南川商的事业普遍尚未发展起来的时期，他们身上的奉献精神展现在他们互助互利的举动之中，随着越来越多的华南川商在市场上崭露头角，他们逐渐开始懂得资源共享，懂得回馈社会。

在2019年川商发展大会中，一名来自佛山的川商面对记者采访时，其说出了自己的成长经历：作为一家中小型物流企业的负责人，他曾多次面对人生的选择。在老乡面对着困难的时候，他二话不说给这位老乡予支持，哪怕当时自己的事业正处于最低迷的时候；在员工需要帮助的时候，他毅然给员工预支了几个月的薪水，而当时的他正处于事业起步期，就连自己的生活费也没有着落……

也许在旁人看来这无非是一个乐善好施的形象，也会有人对此感到不屑：连自己都管不好，怎么就去管别人了？可事实上，这名南下发展的川商在事业的发展中收获了无数人的支持与帮助：那名被他帮助了的老乡，成了他物流公司成立后的第一个长期供应商；那个被他帮助了的员工，如今已经成长为其事业发展当中不可缺失的左右手。

对于企业家而言，奉献思维是十分重要的，尤其是作为一个小有名气或是颇有成就的企业家，学会如何奉献才能够更好地彰显自己的价值，从而让更多的人被自己身上乐善好施的魅力所吸引，形成更大的凝聚力。

"赠人玫瑰，手留余香"这不仅仅是一句谚语，更是一个深刻的道理。随着社会的发展，社会责任成了企业家肩上所必须承担的重担，小到如何让身边的人过得更好，大到怎么改善人们的生活，甚至是提高国家的科技水平。让自己的资源成为他人成长的基础，让自身的能力成为社会发展的推动力。

这，才是一个企业家所应该肩负起的责任。

华夏商魂

如果要让我概括企业家精神的内涵，那么我可以随时说出敬业、诚信、坚韧等。然而，如果让我站在华南川商群体的角度，要寻找一个每一个企业家都拥有的特质，那么不管是谁都一定能够找到这一个人人皆有的企业家精神特质：民族精神。

四川人的民族精神恐怕不必我多说，从过去的富商王炽、卢作孚等爱国商人到后来抗日战争中的数百万川军，无一不在展现着四川乃至于巴蜀地区人们的民族精神。在川商团体中，也曾出现了无数爱国商人，甚至就当代的川商而言，我们也不遑多让。

相信每一个四川人都无法忘记 2008 年 5 月 12 日的那天，汶川地震牵动着每一个四川人的心。而作为早年南下发展的华南川商，他们得知消息后第一时间筹集捐款，在汶川地震后的几天里筹到了 50 万元送往灾区……

2020 年，华南川商在新冠疫情中也不忘家乡的安危。广东省四川阆中商会向家乡捐赠了 15000 个口罩、1 吨消毒液，价值约 95000 元；广东省四川仪陇商会会长刘治浩、支部书记景杰、执行会长胡建等带头捐款，会员纷纷响应，120 位企业家共计捐款 214896.66 元人民币；另

外更有 19 名党员、预备党员、入党积极分子共捐款 58000 元······

　　在这个和平的年代里，我们不需要为国家抛头颅洒热血，然而国家的经济发展却依靠商人团体的努力。作为华南川商群体中的一员，我们始终铭记着我们的根。

　　四川省近年来提倡回巢发展，各地川商在短短几年间将四川的经济发展以及经商环境做了翻天覆地的优化。也许在别人看来，我们是一群追逐财富的人，然而我们每一位华南川商都很清楚，今天的奋斗为的是能够让"中国制造"更好地走向国际，为的是在国家需要我们的时候有能力挺身而出，为的是让人们的生活变得更好······

　　国有灾时，倾力相助；国于安时，奋力前行。对于我们华南川商而言，这是民族精神最好的体现。

第24章：川商齐聚的年度盛宴

对于川商团体而言，每年的川商发展大会可谓是他们汇聚一堂的狂欢聚会。这个具有渗透力的商业团体，足迹遍布全国，然而不管在哪，他们始终不忘团结共赢。所以，每年各地川商均会举办各式各样的年度盛宴，为彼此创造一个共叙旧情、共商未来的平台。

川商的年度狂欢：川商发展大会

由于华南川商逐渐在南部形成了一股不可忽视的力量，因而在近年来的川商发展大会上，华南川商群体成了其中最重要的组成部分，同时华南川商对家乡的反哺也成了历届川商大会的亮点。

＊返乡发展大会：百地川商汇聚一堂

2019 年 6 月，那是令川商们振奋的一个月，所有川商都期待着这次百万川商齐聚一堂的盛会。

2015 年，四川省正式举办了"川商返乡主题系列活动"，随后在每一年，各地川商均会回到四川，参与"川商返乡发展大会"。2019年，川商返乡发展大会升级为"2019 川商发展大会"。

2015 年起，四川省政府越来越重视省内的经商环境的优化，将发展家乡的希望寄托在那些在外打拼的商人身上，于是乎就有了川商返乡发展大会。

川商返乡发展大会的开办进一步推动了四川当地的经济发展，同时也加深了各地川商的凝聚力。以 2018 年川商返乡发展大会为例，活动当天有 400 多名来自海内外的企业家回到四川，带着各自的资源和成绩在成都汇聚一堂。

作为四川省首个区域川商强强联手的返乡创业发展平台，大会汇聚了各地川商，其中以新希望集团董事长刘永好所代表的北京川商和以广州国贤发展有限公司董事长王开庆所代表的华南川商最为活跃。

截至 2018 年川商返乡创业大会，从广东返乡的企业家已在川投资项目超过 20 个，投资金额超过 200 亿元，其中包括西部牛仔城、南溪四通物流园等重大项目，进一步加强了四川的基础建设，调整了四川当地的产业结构。

大会当天，记者采访中有川商这么表示："正因为返乡发展大会，我们这些早年南下的川商才有这么一个渠道为家乡的发展添砖加瓦。"许多华南川商通过大会进一步将自身业务与川粤两地融合，进一步加强了对川、粤两地的业务渗透。

比如说，在家乡农业发展迅速的大环境下，很多华南地区的酒商以及手工艺商人均可利用家乡农业发展的优势，进一步加强自身核心产品以及业务能力的竞争力，从而获得更好的资源回馈家乡。

对于当代的川商而言，也许川商返乡发展大会已经成了历史，然而在 2019 年，其升级版全球川商发展大会在成都胜利召开，这让我们从中看到了四川的进步，也看到了华南川商们追寻的梦想正在实现。

* 2019 川商发展大会：百花齐放收成果

经过多年发展，海内外川商纷纷取得了骄人的成果。而在 2019 年 6 月召开的川商发展大会中，各地川商带着自己的成果汇聚一堂，一同参与了这场关于川商成长与未来的商业盛宴。

这次大会以"聚力川商新时代·拥抱四川新发展"为主题，邀请了境内外川商参与其中，在大会当天参与人数高达 8000 人，大连万达集团董事长王健林、新希望集团董事长刘永好、通威集团董事局主席刘汉元、苹果公司全球副总裁沈融睿等国内外知名企业负责人均悉数出席。

广东四川商会会长王开庆同样莅临现场，作为广东川商的代表，他一直以来十分关注四川经济发展，在自己的能力范围内为家乡的经济建设添砖加瓦。

他带领无数广州、深圳等地的川商回乡投资，除了前文我们提及的西部红木文化创意产业园、西部轻纺科技产业园等重大项目以外，广东四川商会更是在四川各地建立投资众多项目。

比如说，为进一步加强家乡的基础设施建设，广东四川商会在南溪地区推出南溪蜀粤投资基础设施建设项目，投资金额高达 8 亿元。虽然，与其他大型项目相比较略显不足，然而其对于南溪的发展有着极大的推进作用。

而更重要的是，通过这些投资项目，以王开庆为首的华南川商们纷纷看到了四川的发展潜力。可以说，作为首个提出"回川兴业、反哺家乡"的异地商会，广东四川商会协助家乡开辟了引导各地川商回乡发展、投资的先河，以自己的影响力与实际行动吹响了川商团结的集结号。

当然，在川商发展大会上，除了华南川商，其他地区川商的成果同样也不能小看。因而，在大会过程中，大家纷纷交流经验，并且对未来的趋势以及发展规划交换意见，通过这个平台进一步加强各地川商的合作，将川商力量拧成一股绳。

川商发展大会是川商一年一度的商业盛宴。通过大会的指引，明确下一年发展方向，进一步促进各地川商的资源整合，对于各地川商以及四川本土经济发展而言，这是无法单纯用经济衡量的成果。

川商大会的发展趋势

每年各地川商汇聚一堂，共同回顾过去一年的成绩，展望未来的发展。有趣的是，随着川商群体的集结，我们发现很多论坛与大会的重心有所迁移。

＊异地活动：川商论坛的迁移

2016年，有一个盛大的论坛在川商群体中异军突起，那便是首届"川商论坛"。这个川商论坛首届在深圳举办，可见深圳川商的地位。

作为由四川省川商总会发起，由深圳市四川商会、广东省巴蜀文化促进会主办的商业论坛，首届川商论坛便吸引了各地无数川商。加拿大川渝总商会、澳大利亚川渝总商会、乌克兰川渝总商会、泰国川渝总商会及全国各地包括天津、湖南等十八家省级四川商会均出席这次商业论坛。还有华南地区的30余家川籍商协会以及数百家深圳本土商协会的会员。

而这次川商论坛之所以能够在深圳顺利召开，一方面是因为在深圳飞速发展的这些年来，越来越多的川籍企业家进驻深圳。目前，深圳市四川商会已经有1000多名会员，并且仍在增长，一大批优秀的民营企业从此崛起。

另一方面是四川的产业结构正不断优化，很多高新技术必须在深圳孵化，对于四川以及各地川商而言，深圳无疑是促进川商群体产业转型的最佳地区。随着川商群体以及各地经济的发展，目前川商各大论坛逐渐朝着深圳、广州等地迁移。

也正因为如此，在第一届川商论坛开展以后，第二届川商论坛暨广东四川商会十五周年庆典在广州举办，相信在不久的以后，我们可以看到这么一个情景：华南川商纷纷以家乡四川作为商业的大后方，以广、深等地作为跳枝，利用华南地区的优势进一步孵化产品与服务。

这是所有华南川商的梦想，以华南为媒将四川的精神与文化传遍各地；同时，这也是四川地区多年来的梦想，让更多的人能够了解这片土地，也让更多的四川子民走出去，将四川的精神带到全球各地。

＊川商学院，构建川商交流平台

深圳川商在 2018 年新春之际做出了一个重要的决定：成立川商学院。为了进一步加强川商团体的综合竞争力，深圳市川商总会决定与清华大学强强联手，在川商团体的商业发展基础上融入更多的优质理论，以川商学院为基础，为广大川商提供项目开发、管理应用等多方面的支持。

2018 年 1 月 16 日，深圳市四川商会举行了 2018 迎春晚会，并且将"川商学院"揭牌仪式融入其中，希望在新的一年里能够利用深圳的技术优势与地域优势培养更多优秀川商。

川商学院的成立，标志着深圳市川商群体的发展进入了新阶段，同时，川商学院的开设也标志着与学界的合作迈开了第一步，期待在随后的日子里，川商的发展能够真正实现"产学研"的结合。

从南下淘金到如今规范化发展，川商学院的成立见证了第一批南下发展川商的成长之路，同时其也预示着川商将会进一步深化其在深圳的发展，扎根深圳，在当地建立起具有规范性、全面性的各类型平台，从而实现人才迁移的目的。

第25章：川商与港澳

近年来，华南川商群体中掀起了一股回巢热，众多心怀故土的企业家纷纷回巢，但实际上许多企业家一方面资助家乡的发展，另一方面则将脚步迈向了我国另外一处重要的经济发展核心地——港澳。随着粤港澳大湾区概念的普及，港澳两地吸引了无数商人的投资目光。

香港四川总商会成立

在最近几年，前往港澳发展的川商逐渐变多，越来越多具有社会意义的项目在港澳两地落实，从而实现了粤港澳三地联合发展。

＊搭建港、川两地桥梁

华南川商的脚步遍布两广地区，世所皆知，近两年川商的足迹更是踏上了港澳等地。

2018 年 7 月，四川等地的商界精英聚集香港，多家知名企业的董事长均前往见证香港四川总商会的成立仪式。一时间两地精英齐聚一堂，见证港川两地合作迈上新的台阶。

经由两地精英的推荐，四川德瑞企业发展有限公司的董事长严玉德成功当选为香港四川总商会会长。香港四川总商会会员多为在香港地区发展的川商，香港四川总商会秉承着"川港两地桥梁，资源整合平台，商界精英之家"的创办宗旨，始终坚持为当地川商服务，同时也进一步促进了当地资源与川商企业间的合作。

"四川与香港长期以来保持着广泛、紧密的合作关系。近年来，两地在经济、文化、科技等方面的合作不断加深，一大批知名香港企业落户四川，川港合作硕果累累。"严玉德在当选香港四川总商会会长后如此说道。

正是在香港与四川两地的合作不断加深的背景下，香港四川总商会在万众的呼声中成立，作为跨越两地的商会组织，香港四川总商会在团结两地商界及社会各界人士的层面上取得了极大的成果。

期间，香港特区行政长官林郑月娥曾造访四川，并且与四川省委书记彭清华一同主持"川港合作会议"，达成了建设、经济、文化等多个领域的合作，将川港两地的合作再次深化，并且将香港四川总商会构建成了两地合作的重要平台。

从香港四川总商会的成立可以看出，当年南下的第一批华南川商如今已有足够的能力去影响周边地区的发展，他们形成了一股新的力量，为周边地区的发展锦上添花。

*严玉德：以促进港川发展为己任

在香港四川总商会成立的过程中，有那么一个名字频繁地出现在人们的视野中。他便是香港四川总商会的会长严玉德。作为一名低调的四川商人，其除了作为香港四川总商会会长以外，更是成立了德瑞集团，同时还是一名心怀大爱的教育家。

早在1993年，严玉德便建立了四川德瑞企业发展公司。作为一名出色的企业家，严玉德过去20年来一直是川商群体中的佼佼者，而在事业开始有起色的时候，其更是投资教育，为家乡的教育事业做出贡献。

2018年，严玉德当选香港四川总商会会长，两年来一直以促进两地合作为己任，将香港四川总商会办得有声有色。2019年香港四川总商会成立一周年庆典，香港各界名流以及来自加拿大、日本等国家的200余名商会代表、企业代表纷纷出席，从当时盛大的晚宴中可以看出，在过去的一年中，严玉德将一个刚刚成立的小商会变成了一个具有国际影响力的商会，其综合水平提高之快让无数同行为之赞叹。

然而，严玉德并没有因此而感到骄傲，而是更加积极地寻找机会促进两地合作。在新一轮的西部在大发展中，严玉德带领着香港四川商会积极贯彻四川省政府开放，积极配合四川经济项目开展。尤其是在与彭城市人民政府的合作中，严玉德积极整合两地资源，不断优化两地经商环境，开辟对外合作的空间，为西部的发展注入可观的潜力。

严玉德代表香港四川总商会与彭城市政府一同举办了重点项目推介会，在其中严玉德明言，本次推介会主要是为了巩固川、港两地的合作成果，进一步为两地合作寻找空间，从而融合两地文化，进一步打造一个适用于两地的共赢平台。

不得不承认的是，严玉德作为川商群体中最具有实力的一员，在30余年的从商生涯中获得了无数的成就，也为故土做出了无数贡献。作为这么一名颇有成就的商人，他始终保持低调，一直以商人形象示人的他还是四川外语学院成都学院的最大股东。2019年，在川外名不见经传的严玉德以15亿元财富首次登上胡润榜，成了当年商界最大的黑马。

严玉德一直秉承着"多做事少炫耀"的处世原则，多年来，他所带领的香港四川总商会积极促进香港与四川的交流，进一步推进两地的和谐发展，并且在两地的文化、经济以及基础建设等多方面建立起具有可持续性的全面合作战略，积极鼓励会员单位以及企业家与香港多家企业深化合作，力求实现合作同赢的目标。

川港交流通四海

四川与香港两地分别在内陆物流以及海上物流方面有着自己独特的优势。然而，在双方尚未开展合作时，两地分别均为自身物流模式单一而耗费着极高的成本。香港物流虽然联通国际，然而其在大陆的物流模式并没有任何优势；而作为内陆交通网四通八达的四川，其同样缺乏了通往国际的优质物流模式。

在四川与香港两地不断加深合作以后，两地的贸易量明显提高，越来越多的贸易渠道随着两地合作而衍生。川、港两地正式迈入高速贸易时代，而川、港合作的经贸体系，也逐渐迈向国际贸易的舞台。

＊四川、香港贸易新通道

2018 年 11 月，在四川构建陆海联运通道打造西部国际门户枢纽推介会上，来自香港的一家服务机构——戴德梁行在展示新联运通道的时候出示了一张 PPT。PPT 的内容是四川明月峡古栈道，一片悬崖峭壁上，狭窄的栈道贴在山壁上，身旁一寸之处便是悬崖绝谷。

然而，在戴德梁行展示第二张 PPT 的时候，我们从另一个角度看到，这古栈道上居然有一辆列车在铁轨上飞驰。

戴德梁行的代表苏先生讲解说："你们都说蜀道难，但对于香港人而言可能要换个观念了，现在蜀道不难了。"苏先生进一步对四川目前已经形成的"空铁公水"立体口岸开放体系进行介绍，并且认为目前四川已经形成了新的内陆物流模式。

据了解，从香港通过联运到成都，随后通过中欧列车运输欧洲，比起海运要节省将近一个月的时间。在新的"陆运模式"下，大量的港商也纷纷抓住机遇，通过新的内陆物流模式去寻找通往欧洲的新通道。

许多港商对于四川新的物流枢纽地位表示了认可，亦同时纷纷寻求相关合作。相信在随后的日子里，香港将会进一步与四川深化合作，四川将会成为香港在内陆运输以及传统行业服务输出的主要力量，而香港亦能够凭借着自己国际金融中心的优势成为四川走进国际市场的"跳板"。

近几年来,两地的合作为彼此的商业发展带来了许多的便利,我们有足够的理由相信,在未来两地在合作中将会挖掘彼此更多的优势,焕发出更加耀眼的光芒。

＊通往国际的路径

香港物流商会主席钟鸿兴曾经表明:香港的物流行业蓬勃发展,主要是因为内地均对香港开放,从而形成香港"自由贸易港"的地位。只要把内地的物流环节打通,珠三角地区以及内陆地区等巨量货物均可通过香港枢纽走出国门。

其实,早在川、港双方完善新内陆物流模式之前,四川一直对于香港的物流有所依赖。香港面对国际的物流模式正是四川所缺乏的优质物流渠道。两地合作后双方的资源互补,贸易环境出现了新的变化。

在 2018 年 11 月的"川港澳合作周"上,两地政府签署了《深化物流通道建设框架协议》,进一步加强物流发展模式,为两地的合作缔造更多的商机。香港特区行政长官林郑月娥在活动中表示:从对外贸易的角度而言,香港处于亚洲的中心以及珠江三角洲河口,对于亚洲的贸易覆盖有着与生俱来的优势;而四川的地理位置使其成了国内物流的重要腹地,加上"一带一路"倡议的落实,其更是"一带一路"沿线国家贸易的重要支点。香港在日后需要继续发挥其区域物流枢纽的角色,从而成为四川以及其他内陆城市国际贸易的主要转运城市;而香港也需要利用四川的新联运通道,进一步开拓内陆市场以及"一带一路"沿线市场。

　　香港是四川近年来最大的外资来源地。近年来有超过5000家香港企业在四川投资。在贸易开放政策下，四川的传统行业也进入了高速增长期，加上制造业的升级，将传统产业推动至更加专业、精细的发展层面。

　　四川高速增长的传统行业将会促进贸易的发展，而香港则可以通过四川贸易发展而开辟新的货源与市场，激活其物流行业内部的活力。我们不难看出双方合作一直处于双赢的状态，两者合作进一步整合资源优势，实现强强联手通往国际的经济跃升。

附录：华南四川商会简介

广东四川商会

2003 年 3 月 28 日，广东四川商会在广州成立，为在华南地区奋斗的四川籍商人提供了一个联系交流的平台。成立过程中，其主动接受广东省人民政府相关职能部门的业务指导以及广东省民政厅的监督管理，是广东省内会员覆盖面最广，规模最大的异地商会之一。截至目前，广东四川商会共有企业会员 4000 余家，下设照明、物流、红木、科技等多个行业分会，在广州、河源、佛山等地设有分会。

多年来，广东四川商会秉承着"以乡情为纽带"的办会宗旨，积极团结在粤的川籍企业家，致力于连接川、粤两地，如今其在川投资重大项目超过 20 个，金额高达 200 多亿，是推动广东、四川两地经济发展的重要动力。

深圳市四川商会

深圳市四川商会建立于 2011 年 3 月，其在前身深圳市四川经贸文化促进会的基础上加深当地川商发展，为在粤川籍商人提供了交流合作的平台。目前，商会共有企业成员 900 多家，下设 5 个行业分会，其总市值超过 1300 亿元人民币，成了当地颇有名气的商业组织。

多年来，在川深办以及深圳市民政局的指导下，深圳市四川商会一直致力于促进川、港、深三地的经济合作。在不断促进三地资源共享的努力下，目前深圳市四川商会俨然已经成了川商经贸合作的主要桥梁，其中海普瑞、创维等知名企业更是横跨川粤两地，为两地的经济发展带来了不容忽视的贡献。

据统计，目前川籍企业家在深圳当地投资总款高达 5000 亿人民币，多年来对深圳市的科技发展做出了巨大的贡献。

广西四川商会

广西四川商会成立于 2004 年 10 月，是仅次于广东四川商会的四川异地商会。多年来，会长罗先友一直致力于带动广西、四川两地的经济发展，并且不断谋求商会会员与家乡企业深化合作的机会，先后设立了桂林、柳州办事处，为当地群众提供就业岗位高达十万个。

目前，在广西投资的四川企业超过 3000 家，总投资额高达 400 亿元人民币。多年来，在多名热心的川籍企业家发起下，广西四川商会开展了多次投资大会以及公益活动，为广西经济发展以及公益活动开展做出了巨大的贡献。

福建省四川商会

2008 年 5 月 7 日，在遍布八闽大地的巴蜀儿女支持下，福建省四川商会正式成立。相比起其他商会，福建省四川商会的成立过程更加曲折，前后经历了 5 年时间，从最初的酝酿与倡议到后来的筹备，福建省四川商会成员始终坚持着"为福建川商建一个家"的理念，成功成立福建四川商会。

作为广东以外的华南经济发展重地，福建省有着近 5000 家四川籍企业，其中在发电、建筑以及物流方面更是涌现了多位川商精英，因而福建省四川商会成了华南地区最有经济实力与竞争力的异地商会之一。

海南省四川商会

2007 年，海南省四川商会在当地川商以及企事业单位管理人员的支持下成功建立，是一个具有法人资格的社会团体。多年来，海南省四川商会一直秉承着"服务海南、服务四川、服务会员"的办会宗旨，主动接受四川省人民政府驻海南联络处、海南省商务厅、海南省民政厅等主管部门的领导，并且被海南省民政厅评选为 3A 级商会。

如今，海南省四川商会依然处于飞速发展阶段，目前商会拥有企业成员 250 家，涉及娱乐传媒、餐饮旅游、房地产建筑等多个领域，多次开展行业招商引资等商务活动，为商会未来的全面发展奠定良好的基础。